MONUMENT

DE MOLIÈRE

IMPRIMERIE DE H. FOURNIER ET Cie
RUE SAINT-BENOIT, 7.

Peint par P. Mignard — Gravé par L. J. Cathelin

Echelle de

Visconti arch. 1844.

NOTICE

SUR

LE MONUMENT

ÉRIGÉ A PARIS PAR SOUSCRIPTION

A LA GLOIRE

DE MOLIÈRE

SUIVIE DE PIÈCES JUSTIFICATIVES

ET DE LA LISTE GÉNÉRALE DES SOUSCRIPTEURS

Publiée par la Commission de Souscription

PARIS

PERROTIN, LIBRAIRE-ÉDITEUR

RUE DE LA FONTAINE-MOLIÈRE, 41

M DCCC XLIV

Le projet d'élever une statue à la gloire de Molière n'est assurément pas nouveau, bien que la réalisation en soit toute récente. C'est là un de ces hommages publics dont personne ne songe à revendiquer la première pensée. La France regrettait depuis longtemps l'absence de ce monument, et ce regret, si universellement senti, devait d'un jour à l'autre enfanter quelque généreuse résolution. Plusieurs tentatives ont été faites, à diverses époques, en vue de réparer un tort — si grave, en apparence, que les étrangers l'appelaient notre ingratitude, et qui, mieux apprécié, n'était pas même un oubli. Non, Paris ne pouvait oublier Molière; mais, comme tous les hommes à renom incontesté, Molière, dans l'opinion de beaucoup de monde, en était venu à pouvoir *se passer de monument :* l'admiration publique lui en offrait un plus durable que le marbre et le bronze. Cette opinion, assez spécieuse pour s'accréditer quelque temps, ne pouvait prévaloir sur le sentiment de reconnaissance qui vit toujours au sein d'une nation éclairée, fière de ses grands hommes et jalouse de les honorer. Plusieurs fois, disons-nous, des artistes, des hommes de lettres se sont réunis pour doter Paris du monument qui lui manquait. En 1773 [1], Lekain proposa aux Comédiens-Français de consacrer le produit d'une de leurs représentations à l'érection d'une statue au Père de notre comédie. Cette représentation eut lieu, et le buste de Molière sortit du ciseau de Houdon. C'est celui que possède encore aujourd'hui le Théâtre-Français. En 1818, 1829, 1836, des propositions furent faites, des commissions s'assemblèrent, des efforts furent tentés pour donner plus d'éclat à l'hommage de Lekain. Cette fois, ce n'était plus un buste qu'on voulait placer dans un foyer de théâtre : c'était une statue qu'on voulait inaugurer sur une place publique. Faute d'ensemble dans l'élan donné, faute de persistance peut-être, ces nouveaux efforts avortèrent, et le projet de monument fut ajourné.

Ce n'est qu'en 1838 qu'une circonstance imprévue, un heureux hasard permit de reprendre avec succès le projet dont il s'agit. Une maison récemment acquise par la ville de Paris [2] venait d'être abattue, rue Richelieu, précisément en face de celle où Molière est

1. Délibération des Comédiens en date du 15 février 1773. (V. aux pièces justificatives, nº I.)

2. Délibération du Conseil Municipal en date du 23 août 1836, relative à l'acquisition de la première maison attenante à l'ancienne fontaine Traversière. (V. aux pièces justificatives, nº II.)

mort. Sur cet emplacement resté libre, il était question d'ériger une fontaine[1] qui remplacerait celle de la rue Traversière, et que surmonterait une statue de nymphe. Un des sociétaires de la Comédie-Française, M Régnier, pensa qu'au lieu de cette figure allégorique (dont l'exécution était confiée au talent de M. Seurre), il serait mieux d'inaugurer à cette place la statue de Molière, élevée au moyen d'une souscription nationale ; que ce serait là un monument bien situé, à raison du double voisinage de la maison où Molière est mort et du Théâtre-Français, où Molière revit tous les soirs ; que c'était là une occasion unique, une affaire toute de sentiment et d'à-propos, et que, cette occasion perdue, il serait peut-être impossible d'en faire naître une seconde aussi favorable. En effet, ce projet avait l'avantage de présenter une certitude de réussite qu'aucun autre ne pouvait offrir. La ville de Paris, s'associant à la souscription, se chargerait d'exécuter le monument, et par conséquent veillerait aux soins de sa conservation. Toute chance de nouveaux retards était désormais impossible. On ne ferait plus attendre Molière ; le grand homme aurait sa statue. Tel était le vœu de M. Régnier.

On trouvera plus loin, dans les notes[2], le texte de la lettre que M. Régnier adressa, en 1838, à M. le Préfet de la Seine, pour lui soumettre le projet dont il vient d'être parlé, ainsi que la réponse de M. le Préfet. Cette réponse, où se trouvaient exprimées les plus nobles sympathies, fut communiquée par M. Régnier aux mem-

1. Délibération du Conseil Municipal, 16 août 1837. (V. aux pièces justificatives, n° III.)

2. Voy. *Ibid*, n° IV.

bres du comité d'administration du Théâtre-Français, qui se portèrent souscripteurs à l'unanimité. Il fut décidé, dans la même séance, que la Comédie-Française donnerait une représentation à bénéfice, à laquelle les autres théâtres royaux seraient appelés à concourir. En même temps se forma un comité chargé d'organiser la souscription. Ce comité s'assembla pour la première fois au Théâtre-Français, le 25 mars 1838. M. Alexandre Duval fut élu président, M. Arago vice-président. Voici les noms des commissaires :

MM. Auber, de l'Institut; Armand Bertin; Cavé; Chambolle, député; Casimir Delavigne, de l'Académie Française; Duponchel; Étienne, de l'Académie Française; Gatteaux, graveur, membre du Conseil municipal; le maréchal comte Gérard; Népomucène Lemercier, de l'Académie Française; Régnier, de la Comédie-Française; Scribe, de l'Académie Française; le baron Taylor, Commissaire du Roi près le Théâtre-Français; Jules Taschereau, député; Thiers, de l'Académie Française; Varcollier, chef de division à la préfecture de la Seine; Samson, Ligier, Monrose, Desmousseaux, Menjaud, Périer, sociétaires, et Védel, directeur du Théâtre-Français; Cordellier-Delanoue, secrétaire.

Cette liste s'augmenta plus tard de quelques nouveaux noms : M. le comte de Montalivet, dès la première séance, M. de Barante (dans celle du 22 avril), MM. Vitet et Boulay de la Meurthe (dans celle du 3 novembre 1839), et enfin M. Buloz (dans celle du 24 du même mois), furent nommés commissaires.

Ainsi constituée, la nouvelle commission tint ses assemblées régulières, une fois par semaine, au Théâtre-

Français, et ne cessa d'aviser aux moyens d'étendre et de propager la publicité de la souscription. Les offrandes ne tardèrent pas à affluer. Une correspondance active s'organisa dans les départements, et plusieurs préfets annoncèrent la souscription de Molière dans le bulletin de leurs actes administratifs[1]. La presse parisienne enregistra les listes des souscripteurs, et la plupart des théâtres, imitant l'exemple donné par le Théâtre-Français, offrirent avec empressement des représentations à bénéfice. L'Académie aussi, — l'Académie Française s'associa au projet de la commission, et délibéra en ces termes sur la communication qui lui fut faite du projet de monument :

« Considérant que, d'après ses usages constants, l'Académie ne fait jamais de souscription *collective*, mais que chacun de ses membres a le désir de s'associer personnellement à l'hommage si justement rendu à l'un des plus grands génies dont s'honore la France ;

« Décide qu'une liste sera ouverte au secrétariat de l'Institut, pour recevoir les souscriptions individuelles des membres de l'Académie Française. »

Mais si assidus, si habilement dirigés que fussent les efforts de la commission, ils pouvaient n'aboutir qu'à un résultat douteux et insuffisant. Le monument, pour être digne de sa destination, devait coûter cher. Heureusement la ville de Paris, réalisant l'espoir qu'avaient fait naître les dispositions favorables de M. le Préfet de la Seine, vint en aide à la souscription.

1. Nous citerons entre autres MM. Romieu, Mazères, Méchin, Siméon, Lucien Arnaud, Aubernon, préfets de la Dordogne, de la Haute-Saône, du Nord, du Loiret, de la Meurthe, de Seine-et-Oise, etc.

On se rappelle que des fonds avaient été votés, le 16 août 1837, pour la construction d'une fontaine à l'angle de la rue Traversière. Une délibération du Conseil municipal, en date du 21 juin 1839, appliqua cette somme (41,000 francs) à l'érection du monument consacré à Molière, et, en outre, par le même vote unanime, il fut décidé que la ville de Paris s'inscrirait sur les listes de souscription pour une somme de 30,000 fr.

Nous donnons plus loin, dans son entier [1], le texte de cette délibération, avec le rapport de M. Boulay de la Meurthe au Conseil municipal. Ainsi que le disait l'honorable rapporteur : « Le secours de *Paris-commune*, de Paris représenté par le chef de son administration et par son Conseil municipal, ce secours tout-puissant ne pouvait manquer à une souscription aussi nationale, aussi *parisienne* que celle-là ! Ce n'était pas au moment où les représentants de cette immense cité, accomplissant leur mission dans ce qu'elle a de plus élevé, s'appliquaient à rémunérer tous les services rendus, à honorer tous les genres de mérite, à multiplier les encouragements aux arts et aux lettres, à tenter à grands frais des expériences utiles aux sciences, à préserver les monuments d'autrefois, à en construire eux-mêmes de durables, à jeter à pleines mains dans les masses des trésors d'instruction et de moralisation : ce n'était pas au milieu de pareils travaux que les magistrats de la cité pouvaient méconnaître ce que doit Paris à Molière, Parisien par sa famille, par sa naissance, par sa vie, par sa mort, par ses études, par son art, par ses chefs-d'œuvre,

1. Voy. aux pièces justificatives, nos V et VI.

et dont la gloire, en un mot, n'a pas un rayon qui ne brille sur Paris... »

Dès l'année précédente (11 novembre 1838), la commission, par un vote définitif, avait adopté l'emplacement de la rue Richelieu.

Réalisant aujourd'hui le montant des offrandes obtenues, elle versait une somme de 40,000 fr. dans la caisse municipale ; ce qui, avec les crédits alloués par la ville de Paris, complétait un chiffre disponible de 111,000 fr., déjà suffisant pour permettre de commencer les travaux.

Mais la dépense présumée devait être de beaucoup supérieure encore à cette somme. Dans une note de son rapport déjà cité, M. Boulay de la Meurthe, exprimant un vœu pressenti par tous ses collègues, avait regretté qu'une plus large place ne fût pas réservée au monument. — « *Il conviendrait*, ajoutait-il, *d'acheter la* « *maison à laquelle il doit s'appuyer, et de la démo-* « *lir*... — Une partie du terrain lui serait consacrée ; le « reste pourrait être revendu avec des conditions de « construction, suivant les convenances du monument, « qui serait ainsi tout à fait digne de sa destination. »

Le Conseil municipal, qui avait déjà voté 71,000 fr. pour le monument de Molière, s'imposa un nouveau sacrifice ; et, par une nouvelle délibération (en date du 17 janvier 1840), il autorisa M. le Préfet de la Seine à acquérir, au nom de la ville de Paris, la maison *sise rue Richelieu*, n° 41 [1]. Dans la prévision de ce résultat, la Commission de souscription avait, dès le mois de

1. Voy. aux pièces justificatives, n° VII.

décembre 1839, acquis conditionnellement cette même maison, dont la démolition était si désirable, et qui, en tombant, donna à Molière toute la place qui lui manquait.

Presque en même temps, un crédit de 100,000 fr., applicable aux frais du monument, fut demandé aux Chambres par M. le comte Duchatel, Ministre de l'Intérieur. — MM. Vitet et Étienne furent rapporteurs du projet de loi, le premier à la Chambre des Députés, le second à la Chambre des Pairs. On peut lire dans les pièces reportées à la fin de cette notice, le projet de loi, les exposés des motifs, les rapports et l'analyse des deux séances où la loi fut votée, ainsi que le texte de la loi elle-même [1].

La Commission, forte maintenant du double et puissant concours de l'État et de la ville de Paris, pouvait croire sa tâche terminée. En effet, aux 111,000 fr. disponibles au mois de juin 1839, étaient venus se joindre 1° 164,000 fr., montant de l'acquisition de la seconde maison, rue Richelieu; 2° les 100,000 fr. alloués par l'État. Ces chiffres réunis faisaient monter la somme des voies et moyens d'exécution à 375,000 fr.

Rien ne s'opposant plus, dès lors, à ce que les travaux commençassent immédiatement, on se mit à l'œuvre, et le monument sortit de terre.

Il était convenu que la portion de terrain qu'il n'occuperait pas, serait vendue, avec condition pour l'acquéreur qui bâtirait sur ce terrain, demeuré libre, *d'harmoniser les nouvelles constructions avec les détails du*

1. Voyez aux pièces justificatives, n° VIII, IX, X, XI, XII, XIII, et XIV.

monument, afin d'éviter la maigreur des faces latérales, et d'augmenter l'effet général. — De cette façon, l'édifice auquel s'appuierait le monument serait une *propriété particulière*, et supporterait diverses charges ou servitudes ayant pour but d'assurer à tout jamais le respect dû à l'image de Molière.

Mais quand on vint à énumérer, à discuter toutes ces charges, dont il était si essentiel de ne pas omettre une seule, on s'aperçut qu'il serait bien difficile, pour ne pas dire impossible, de veiller à leur complète exécution. Le Conseil municipal fut frappé du danger qu'il y aurait à exposer, dans l'avenir, un monument tel que celui de Molière, à l'éventualité d'un indigne voisinage. Et, par un de ces nobles scrupules, par un de ces honnêtes mouvements qu'on ne saurait assez louer, cette Assemblée qui avait déjà voté, à trois reprises, plus de 200,000 fr. pour le monument de Molière; cette Assemblée, jalouse de terminer dignement son œuvre, décida en principe et à l'unanimité que la maison attenant au monument constituerait une propriété communale.

Ainsi se trouvait garantie à toujours l'inviolabilité de cette statue consacrée à la gloire d'un grand homme.

Nous renvoyons le lecteur au texte même de la délibération du 25 juin 1841 [1].

Aujourd'hui l'œuvre est achevée. Le monument, si longtemps promis, est érigé aux yeux de tous. Molière a reçu l'hommage qui lui était dû, et cet hommage est digne de lui. Après avoir rappelé l'origine de la souscription, après l'avoir suivie dans sa marche, aidée du

1. Voy. aux pièces justificatives, n° XV.

double concours de la ville de Paris et de l'État, il ne nous reste plus qu'à décrire le monument lui-même, dont l'exécution a été confiée au talent de M. Visconti.

La localité dont on avait fait choix imposait plus d'une difficulté à l'architecte, tant à raison de ses abords que par l'irrégularité du long et étroit pignon que la démolition successive de deux maisons avait laissé à découvert.

Le moyen de dissimuler autant que possible ce pignon était de diviser le monument en deux parties bien distinctes : un soubassement, que surmonterait un ordre architectural. Par ce moyen les lignes horizontales coupant les lignes verticales, le parallélogramme perdait de sa hauteur, tout en masquant le mur dont on vient de parler.

Sur le soubassement s'élève donc un ordre corinthien accouplé, au milieu duquel s'ouvre une niche circulaire, portant sur sa clé une table de marbre, avec cette date : **1844**. Le fronton, dans le goût de Mansard, supporté par un riche entablement dont la frise est ornée de mascarons et de branches de laurier, offre à son centre la figure assise d'un Génie qui couronne le poëte.

Les lignes des faces latérales viennent se raccorder à celle de la façade principale, qui forme, en quelque sorte, le frontispice au devant duquel s'élève le piédestal en marbre blanc, portant la figure de Molière.

Cette figure en bronze, assise dans un fauteuil, est l'ouvrage de M. Seurre aîné.

Au-dessous et de chaque côté du piédestal, sont deux statues en marbre, dues à M. Pradier ; figures allégoriques, l'une sérieuse, l'autre enjouée, et représentant le double aspect de la comédie de Molière. La liste chronologique des ouvrages du poëte se déroule sur des légendes, à la main de ces deux muses.

Au bas est un bassin octogone qui reçoit l'eau jaillissant de trois têtes de lion.

On voit que la fontaine ne forme ici que l'accessoire, bien qu'imposée à l'architecte par une impérieuse exigence de localité. On s'est efforcé de rendre le monument aussi spécial qu'il pouvait l'être; et le but qu'on se proposait se trouve atteint, puisque l'image de Molière frappe d'abord l'attention et domine tout dans l'ensemble de l'édifice.

L'inscription suivante a été gravée sur le piédestal :

A

MOLIÈRE

NÉ . A . PARIS

LE . XV . JANVIER . MDCXXII

MORT . A . PARIS

LE . XVII . FÉVRIER

MDCLXXIII.

SOUSCRIPTION NATIONALE

ÉLÉVATION LATÉRALE

Visconti arch. 1844

Perrotin éditeur

Perrotin éditeur.

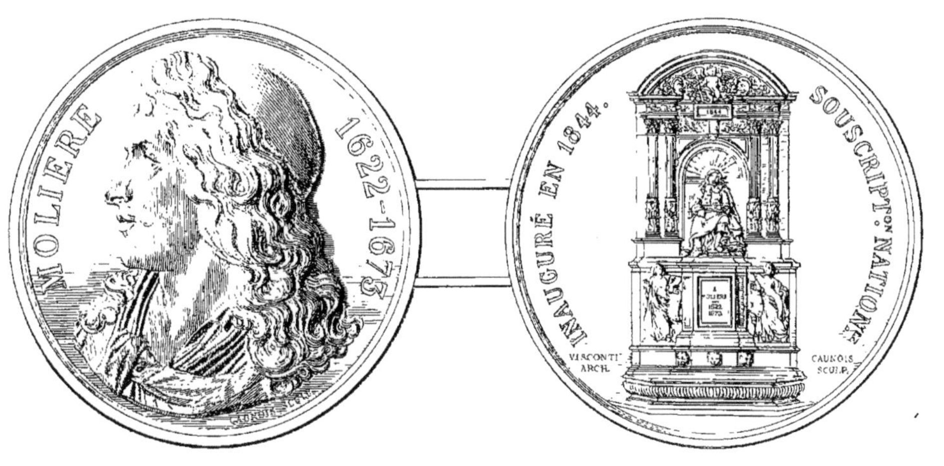

PLAN DU REZ-DE-CHAUSSÉE.

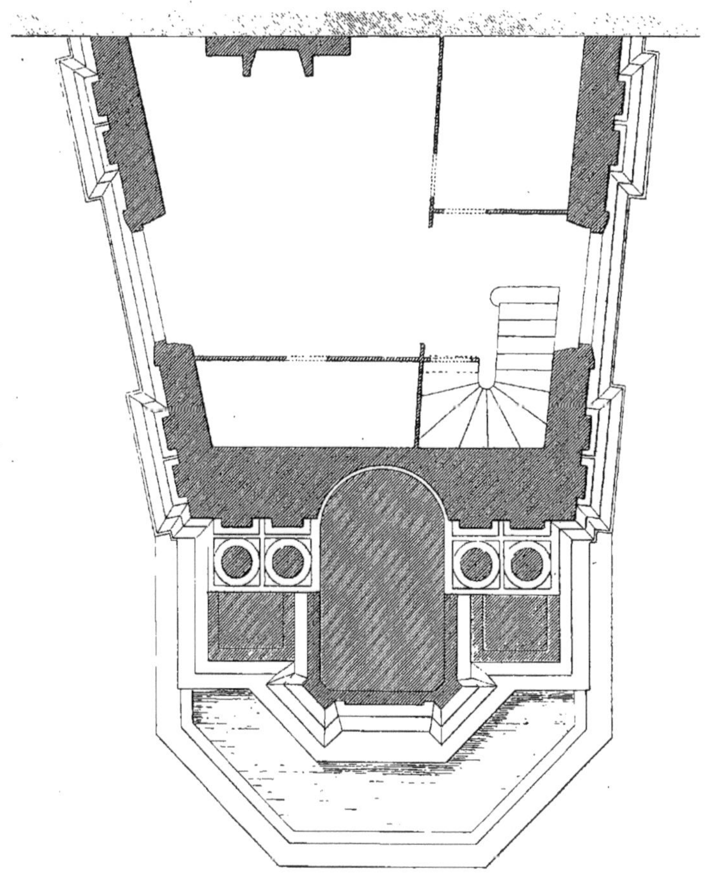

Echelle de 9 Mètres

Visconti arch. 1844.

Normand aîné del. et sc.

Perrotin éditeur.

INAUGURATION

DU

MONUMENT DE MOLIÈRE.

PROCÈS-VERBAL

DE

L'INAUGURATION DU MONUMENT

ÉRIGÉ PAR SOUSCRIPTION

A LA GLOIRE DE MOLIÈRE.

L'an 1844, le lundi 15 janvier, à midi et demi, en présence :

Du Corps municipal, composé du Préfet de la Seine, de MM. les Membres du conseil de préfecture, des Maires et Adjoints, et du Conseil municipal ;

Des cinq académies de l'Institut, savoir :

L'Académie Française,
L'Académie des Sciences,
L'Académie des Inscriptions et Belles-Lettres,
L'Académie des Beaux-Arts,
L'Académie des Sciences morales et politiques ;

De MM. les Sociétaires de la Comédie-Française ;

De la Commission de souscription ;

De MM. les Députés de la Seine ;

De la Commission des auteurs dramatiques ;
De la Commission de la Société des gens de lettres ;
De la Commission des artistes dramatiques ;

De beaucoup d'autres personnes encore, fonctionnaires et artistes, invitées pour cette solennité par M. le Préfet de la Seine ;

Il a été procédé à l'inauguration du monument érigé à la gloire de Molière sur le point de jonction des deux rues Richelieu et Traversière-Saint-Honoré.

Une enceinte avait été disposée pour recevoir le cortége, et une estrade circulaire réservée aux orateurs, s'élevait en avant du monument. La maison où mourut Molière, et qui porte le n° 34, rue Richelieu, avait été tendue en velours cramoisi rehaussé de glands et de crépines d'or. L'inscription suivante, gravée sur une tablette de marbre, était entourée de couronnes de lauriers :

MOLIÈRE EST MORT DANS CETTE MAISON,
LE 17 FÉVRIER 1673, A L'AGE DE 51 ANS.

De distance en distance en distance avaient été placées des bannières rehaussées d'or, et couronnées de lauriers, sur lesquelles on lisait les titres des ouvrages de Molière.

A midi et demi, le cortége, parti du Théâtre-Français, lieu de la réunion, est arrivé devant le monument, qui a été découvert aussitôt, au bruit des acclamations et au son de la musique militaire.

M. le Préfet de la Seine s'est avancé alors sur l'estrade, et a prononcé le discours suivant, au nom de la Ville de Paris :

Messieurs,

Il y a aujourd'hui deux cent vingt-deux ans que Molière est né à Paris, d'une famille qui comptait parmi ses membres plusieurs magistrats consulaires. C'est dans cette ville qu'il a créé les plus solides fondements de sa gloire; c'est ici, dans cette maison, au pied de laquelle nous nous trouvons rassemblés, qu'il est mort à l'âge de cinquante-un ans; c'est enfin près de ces mêmes lieux, sur la scène du Théâtre-Français, que vivent dans tout l'éclat de leur jeunesse éternelle, les chefs-d'œuvre de cet inimitable génie.

En voyant près de moi les hommes les plus considérables dans les lettres, dans les sciences et dans les arts, réunis aux dignes représentants de la cité, pour rendre hommage à l'un des plus beaux génies que le monde ait produits, et à la plus grande des illustrations parisiennes, je suis heureux et fier d'avoir été choisi par M. le Ministre de l'Intérieur pour présider à cette cérémonie.

Des voix plus éloquentes vous rappelleront les titres de gloire de Molière, de ce peintre immortel de la nature et de la vérité; moi, je me bornerai à vous présenter l'historique du monument que nous venons inaugurer.

La nécessité d'élargir la voie publique sur l'un des points les plus fréquentés de la capitale avait déterminé l'administration municipale à reculer et à reconstruire la fontaine qui se trouvait sur cet emplacement.

A la même époque, l'un de MM. les sociétaires du Théâtre-Français, M. Régnier, appelant mon attention sur la proximité de la maison où était mort Molière, me fournit l'heureuse pensée de consacrer le nouveau monument à la mémoire de ce grand homme.

Certain de trouver empressement, sympathie et appui dans le Conseil municipal, je proposai de donner à la fontaine projetée le nom de *Fontaine Molière*, d'accepter le concours de la souscription que l'on demandait à ouvrir, et d'allouer les crédits nécessaires pour rendre le nouveau monument digne à la fois de la ville qui le faisait construire et de celui qu'il devait honorer. Non-seulement le Conseil a voté les sommes que je lui demandais, mais encore chacun de ses membres a tenu à honneur de souscrire personnellement.

Dès que les votes du Conseil municipal de Paris furent connus, les Chambres législatives ne voulurent point rester étrangères à cette manifestation, et une somme de 100,000 fr., votée par elles sur la proposition de M. le Ministre de l'Intérieur, vint témoigner de l'unanimité du Gouvernement et du pays dans cet hommage rendu au génie.

La dépense du monument s'est élevée à 200,000 fr.; celle de l'acquisition des maisons à 252,000 fr.; total, 452,000 fr., sur lesquels la ville de Paris a fourni 255,000 fr.

En honorant leurs grands hommes, les nations s'honorent elles-mêmes; elles enchaînent par là plus solidement le passé avec l'avenir, et sont insensiblement conduites à trouver unité de forces et d'intérêt là où il y a communauté de gloire et d'admiration. La gloire de Molière appartient à toute la France; aussi une seule inscription pouvait convenir à ce monument;

toutes les classes avaient apporté leur offrande, depuis la famille royale jusqu'au plus modeste citoyen, les Chambres comme la Municipalité de Paris. Ces mots :

A MOLIÈRE,
SOUSCRIPTION NATIONALE,

ont été seuls gravés sur le marbre; ils diront à la postérité que la France de Juillet a su payer la dette du passé, et qu'un successeur de Louis XIV a contribué à honorer la mémoire de celui qui trouva dans le grand roi un si ferme appui et une si constante bienveillance.

Je ne terminerai pas, messieurs, sans renouveler devant vous mes remerciements à MM. les artistes dramatiques et à la Commission de souscription, pour les soins et le concours qu'ils ont bien voulu prêter à l'administration dans cette circonstance.

J'y ajoute des félicitations pour M. l'architecte Visconti et pour MM. Seurre et Pradier, sculpteurs, dont les œuvres, recommandables par leur propre mérite, se lieront désormais à la grande renommée de Molière.

M. Étienne, directeur de l'Académie Française, a pris la parole en ces termes, au nom de l'Institut :

Paris consacre aujourd'hui un monument à Molière, et la France s'associe avec orgueil à un hommage conquis par deux siècles de succès. Longtemps attendu, le triomphe n'est que plus éclatant : on ne prescrit pas contre le génie. Heureuse notre époque, qui acquitte en un jour la dette de six générations!

Les lettres, les sciences et les arts accourent à cette solennité nationale; l'Institut est fier de grossir le cortége des magistrats de la cité qui fut le berceau du père de la comédie. L'Académie du grand siècle, à la gloire de laquelle il manqua, lui aurait ouvert son sein; sa place était marquée là où siégeaient Racine et La Fontaine; mais le préjugé, plus puissant alors que la royauté absolue, éleva d'infranchissables barrières; elles sont tombées, et un monument réparateur s'élève aux acclamations d'un peuple reconnaissant et libre.

A peine avaient retenti ces mots : *Souscription nationale*, que l'Académie Française ouvre la lice aux inspirations poétiques ; le monument n'était pas achevé, que déjà elle en avait couronné la pensée.

Enfin il apparaît, et la France entière salue un de ses plus grands poëtes et un de ses plus grands philosophes. Qu'ajouteraient de vains éloges à cette sanction d'universels hommages? Voilà Molière ! que puis-je dire de plus? Voilà cet homme qui, sorti des rangs du peuple, s'est placé dans son art à une telle hauteur, qu'il surpasse tout ce que l'antiquité a laissé de plus grand, et que, dans l'avenir, il condamne ses successeurs à l'impuissance de l'atteindre. Voilà ce grave penseur qui fit une étude si profonde de l'homme, et dévoila d'une main si hardie tous les travers de l'esprit et toutes les faiblesses du cœur ; ce moraliste sévère qui détrôna le faux savoir, flétrit la fausse vertu, et dont la verve indépendante amusa la bourgeoisie des ridicules de la noblesse, et la noblesse des vanités de la bourgeoisie ! Le voilà, cet infatigable auteur qui, dans le cours d'une vie maladive et chargée d'ennuis, ne goûta de repos que dans le travail, et ne put trouver que dans ses chefs-d'œuvre des distractions à ses souffrances!

Aucun peuple ne lui dispute le premier rang ; toutes les écoles le respectent, toutes les nations l'admirent. Ah ! certes, le monument qu'il s'est élevé dans ses œuvres immortelles suffisait à sa gloire ; mais il ne suffisait pas à la France : elle avait besoin de lui en consacrer un autre, moins durable sans doute, mais qui témoignât aux yeux du monde de la juste fierté qu'elle éprouve de lui avoir donné le jour, et de sa gratitude pour l'éclat que son génie a répandu sur elle.

Jadis elle ne décernait ces suprêmes honneurs qu'aux rois qui avaient reculé ses frontières, aux guerriers qui avaient illustré ses armes; aujourd'hui elle a des couronnes pour toutes les gloires, et ce n'est pas un des traits les moins caractéristiques de notre époque, que la statue du grand homme qui démasqua

Tartufe s'élève non loin de la statue du grand roi qui l'a protégé.

Ah! quels immenses progrès a faits la raison publique! J'en atteste cette éclatante manifestation dans ces lieux mêmes qui réveillent de si tristes souvenirs. C'est à quelques pas de nous que Molière expira ; c'est là qu'une foule ignorante et grossière insulta à sa dépouille mortelle, et qu'aujourd'hui un peuple libre et éclairé lui décerne les honneurs de l'apothéose.

M. Samson, doyen des Sociétaires actuels de la Comédie-Française, a dit :

Messieurs,

Conviée à cette grande fête nationale, la Comédie-Française, en présence du pompeux triomphe que le pays décerne à la mémoire de Molière, ne saurait garder le silence sans manquer à ses plus glorieux comme à ses plus touchants souvenirs. Quelque éclat qu'aient répandu sur elle tant de plumes illustres et ces brillantes générations de talents qui portèrent si loin la puissance de l'action théâtrale, son plus grand, son éternel honneur est d'avoir compté parmi ses membres l'auteur de *Tartufe* et du *Misanthrope*. Vivant, il créa la gloire de notre scène, il en dirigea les destinées, il lui consacra toutes les facultés de son génie, toutes les forces de son intelligence, et presque tous les moments d'une vie souffrante et tourmentée ; mort, il lui a légué l'éternel prestige de son nom et l'immortalité de ses œuvres. Aussi, parmi nous, au sein de cette Société qui fut son ouvrage, une pieuse reconnaissance vient se mêler à l'enthousiasme universel, et nous voudrions qu'on ne trouvât point trop d'orgueil dans le sentiment filial que nous inspire une telle mémoire.

Molière fut un grand, fut un vrai philosophe. Peu soucieux de cette superbe philosophie, toujours dédaigneuse du présent et se glorifiant par avance de l'avenir impossible qu'elle promet à l'humanité, il enseigna cette philosophie de tous les temps, qui agit au lieu de rêver, et s'exerce sur soi-même avant de s'en prendre à la société tout entière. Il ne se borna pas à l'enseigner, il la mit en pratique; car la conformité entre les écrits et les actions fut encore un des beaux caractères du grand siècle : alors la plume n'était que la sincère interprète, que le noble instrument de la pensée, et dans tout ce qu'écrivit Molière on sent battre le cœur d'un véritable homme de bien. Mais par quel art prodigieux a-t-il su rendre la raison si plaisante et le rire si moral? Nous aimons à voir, sur la scène peuplée par sa verve puissante et féconde, les vices et les travers de l'homme parler, agir, se mouvoir, s'agiter, vivre enfin de cette vie comique et passionnée dont le spectacle est tout ensemble un plaisir et une leçon. Il a marqué du cachet de sa supériorité originale jusqu'à ces courtes productions, gais intervalles de travaux plus sérieux, rapides ébauches où jaillissent à tous moments, comme à son insu, des traits d'une observation fine et pénétrante, tant était prompte à se trahir chez lui cette vaste science du cœur humain dans laquelle il n'a jamais rencontré de maîtres ni d'égaux! La nature lui avait départi avec libéralité ce bon sens profond qui s'appelle le génie.

On a dit souvent que les anciens nous l'eussent envié; et, grâce à lui, les nations modernes les plus jalouses de toutes nos splendeurs reconnaissent que le sceptre de la comédie appartient à la France : aux yeux du monde entier, le poëte du XVIIe siècle a pris rang parmi ces grands noms de l'antiquité dont la gloire ne se discute plus.

Le théâtre est un champ de bataille où les luttes sont plus vives, plus acharnées que dans les autres arènes littéraires; c'est là surtout que la victoire donne des ennemis. Aux haines de la rivalité, de l'impuissance, de l'envie, il faut ajouter pour l'auteur comique des inimitiés peut-être plus redoutables encore : la ressemblance de ses portraits soulève contre lui les modèles. Ainsi s'explique la vie orageuse du peintre de *Tartufe* : telle fut la source de cette éternelle persécution contre laquelle un grand roi eut peine à le soutenir. Hélas! il manqua toujours au poëte persécuté les consolations d'une âme tendre et fidèle, les charmes de la vie intérieure, plus efficaces contre les chagrins qui viennent du dehors que la faveur du pouvoir et le bruit de la renommée.

Sa vie avait été brillante et douloureuse; sa mort fut outragée: Pourquoi?... Vous le savez, messieurs, et je ne veux point le redire... Avant Molière, Shakespeare aussi avait été comédien : singulière ressemblance entre ces deux grands penseurs dramatiques! éclatant honneur pour un art difficile auquel un préjugé barbare a trop souvent fait expier ses triomphes! Mais Shakespeare ne fut point privé des honneurs funèbres; mais Garrick a été conduit à Westminster, parmi des tombes royales; et Molière, le grand poëte de la France... Oserai-je poursuivre, messieurs? Oserai-je vous rappeler qu'à la place même où nous sommes, de grossières clameurs insultèrent sa mémoire? Ces lieux, vous le savez, sont tout empreints du souvenir de ce grand homme. Nous voyons la maison où il vint achever de mourir, car la mort lui avait porté ses premiers coups au milieu des rires du théâtre. Là, ses restes attendirent, pendant sept jours entiers, une sépulture qu'ils n'eussent pas obtenue sans l'intervention de la toute-puissance royale, toujours fidèle à Molière; et quand l'illustre mort partit enfin pour sa dernière demeure, ce fut la nuit, à la pâle lueur des flambeaux, dans un honteux silence : pas un hymne pieux, pas un temple pour la cendre de ce juste, sur laquelle l'anathème était lancé, au nom du Dieu qui pardonne, par des hommes qui n'ont jamais pardonné.

Aujourd'hui, quel imposant, quel magnifique contraste! Au lieu d'un cercueil proscrit et fuyant dans l'ombre, c'est la vivante image du poëte philosophe, se dévoilant à nos regards le jour de sa naissance, et près du lieu de sa mort; ce sont les gloires de la patrie, les magistrats de la cité, la cité tout entière saluant, dans ce bronze qui nous a manqué si longtemps, un des plus grands noms de Paris, une des plus belles gloires de la France; et d'illustres voix, auxquelles ma voix obscure ne s'associe qu'en tremblant, viennent ajouter l'éclat de leur éloquence aux pompes de cette solennité populaire.

Ombre d'un grand homme (car j'aime à croire en ce moment

à ta présence mystérieuse ; j'aime à me représenter ta figure pensive remerciant la France par un sourire), loin d'accuser mon audace, couvre ma faiblesse de ta généreuse indulgence. La mission que je suis venu remplir au pied de ton monument, je ne l'ai point briguée, et tout tremblant d'un tel honneur, j'aurais voulu m'y soustraire. Mais c'eût été mal reconnaître une confiance dont je suis fier ; c'eût été manquer à un saint devoir envers le grand artiste qui mourut pour s'être dévoué au sien.

Dans ce jour, un des plus glorieux que puissent enregistrer les fastes dramatiques, la Comédie Française, rassemblée ici tout entière, éprouve une émotion de bonheur dont l'expression se refuse à mon insuffisance. Que son aspect réveille en toi de doux souvenirs ! Veille sur le théâtre qui te fut cher, où plane ta mémoire, où règne ta pensée. Ne nous déshérite point de cette affection toute paternelle dont tu donnas des gages nombreux à ceux de nos devanciers qui eurent l'honneur d'être tes camarades : leurs talents, formés par tes leçons et tes exemples, apportaient dans la représentation de tes chefs-d'œuvre une perfection attestée par leurs contemporains. Le fil de leurs précieuses traditions a pu se rompre quelquefois, mais le culte de ton génie n'a jamais eu d'interruption parmi nous ; et si un sentiment de convenance auquel j'obéis à regret, m'interdit de nommer celui dont les heureux efforts ont hâté la tardive consécration de ta gloire, je puis du moins invoquer ce souvenir récent comme un irrécusable témoignage de l'admiration tout à la fois respectueuse et passionnée dont nous sommes animés pour le père de la comédie : c'est là une pieuse tradition qui n'est point oubliée, un héritage sacré, qui, reçu et transmis par nous, ne périra qu'avec le noble édifice dont tu posas les fondements.

Enfin M. Arago, président de la Commission de souscription a parlé ainsi :

Messieurs,

Des paroles pleines de sens et de raison sortirent, il y aura bientôt six années, de l'enceinte de notre premier théâtre. Un comédien spirituel demandait si à une époque où le goût de la statuaire s'est prodigieusement étendu, où presque chaque ville évoque le souvenir des enfants qui l'ont honorée, fait revivre leurs traits sous le ciseau de nos meilleurs sculpteurs, et les expose, avec un juste orgueil, aux regards de la France et des étrangers, il n'était pas inexplicable que Molière, que l'immortel Molière fût oublié.

Ces paroles ne pouvaient rester sans écho. De toutes parts on s'empressa d'adhérer à la pensée de l'artiste dramatique. Alors, quelques amis des lettres crurent devoir se réunir pour seconder, pour régulariser des efforts qui, cette fois, semblaient devoir conduire à un heureux résultat.

En assignant un rôle, dans cette cérémonie nationale, à la Commission de souscription, on a placé ses services infiniment au-dessus de leur valeur réelle. Je ne l'oublierai pas, messieurs : mes paroles seront modestes comme la mission qui nous était échue, et, toutefois, j'ai vu arriver ce moment avec quelque inquiétude, car le temps m'a manqué pour consulter mes honorables collègues et m'éclairer de leurs lumières.

Molière n'est pas une de ces célébrités équivoques que le temps, juge suprême des œuvres de l'esprit, fera descendre tôt ou tard du piédestal où l'entraînement, la passion, le manége des coteries les a placées. Près de quarante lustres ont déjà passé sur la cendre de l'auteur du *Misanthrope*, du *Tartufe*, des *Femmes savantes*, de l'*Avare*, et chaque année, chaque jour a fortifié davantage les appréciations éclairées et profondes des littérateurs, des philosophes, des personnes de toute condition qui faisaient leurs délices de la lecture de ces ouvrages.

« Quel est, disait Louis XIV à Boileau, le plus grand écrivain « de notre siècle ? — Sire, c'est Molière, repartit le poëte sans « hésiter. »

La Fontaine témoignait de son estime pour Molière en termes où la grâce s'unissait à la force, lorsque très-peu de temps après la mort de son ami, il composait l'épitaphe commençant par ces vers :

Sous ce tombeau gisent Plaute et Térence,
Et cependant le seul Molière y gît.

Voltaire faisait plus encore. Son enthousiasme pour l'auteur du *Misanthrope* lui donnait la hardiesse de disposer de l'avenir : « Molière, s'écriait-il, Molière ! je vous prédis que nous n'en « aurons jamais. »

La même idée, avec quelques modifications de forme, se retrouve dans les éloges du grand poëte, couronnés par l'Académie Française, en 1769. L'Académie, tribunal littéraire grave et compétent, croyait donc elle-même à un *trône resté vacant; à une place réservée et désormais inaccessible; à l'homme inimitable!* Elle permettait que l'on regardât le génie de Molière *comme le terme où l'esprit humain s'élève par degrés, et d'où il ne peut plus que descendre.*

La Harpe (on ne l'accusa jamais de se complaire dans le panégyrique), La Harpe, même après les transformations singulières qui s'opérèrent dans son esprit à la suite de nos discordes civiles, La Harpe appelait Molière *l'homme divin.*

Vous croyez, sans doute, qu'il serait impossible de rien ajouter aux témoignages admiratifs de Boileau, de La Fontaine, de Voltaire. Détrompez-vous, messieurs; ces trois grands écrivains ont été dépassés par un géomètre. *Moivre*, dont l'illustration scientifique ne saurait être mise en doute, Moivre avait coutume de dire : « J'aimerais mieux être Molière que Newton ! »

Et les étrangers? sous quel jour voient-ils notre compatriote?

Vous savez avec quelle vivacité naturelle les peuples se disputent la prééminence intellectuelle. Citez Descartes, Pascal, Corneille, Racine, Bossuet, Voltaire, d'Alembert, Buffon, Lagrange, Lavoisier, etc., vous entendez aussitôt les noms retentissants de Bacon, de Galilée, de Newton, de Leibnitz, d'Huygens, d'Euler, de Képler, de Linnée, de Dante, de Shakespeare, de Milton, du Tasse, de l'Arioste, de Priestley, de Volta, de Cavendish, etc.

Molière, le seul Molière, a le privilége d'être considéré

comme sans rival; sa supériorité est unanimement reconnue dans le monde civilisé.

Soyons donc sans scrupules, messieurs; nos impressions n'ont pas été trompeuses,

Nous inaugurons aujourd'hui la statue d'un grand homme!

Quelle qu'ait pu être la direction ordinaire de ses études, l'homme amené à parler de Molière en public, est obligé de faire effort sur lui-même, pour ne pas céder au désir de jeter un coup d'œil sur les combinaisons profondes et hardies, sur les situations piquantes, sur les peintures chaudes et vraies dont les principales compositions du poëte philosophe présentent de si parfaits modèles.

Mais, à quoi servirait ici l'analyse de pièces que tout le monde a vues, que tout le monde a admirées, dont tous ceux qui m'entendent pourraient réciter de longs passages? Peut-être la vie du poëte a-t-elle été moins généralement appréciée; peut-être aussi n'a-t-on pas fait une énumération suffisamment concentrée et fidèle, des services que Molière a rendus aux mœurs publiques, des travers, des ridicules dont il a purgé la société. Voilà ce qui me semble devoir être raconté en face de ce monument. N'encourageons personne à imaginer que la dignité dans le caractère, que la régularité dans la conduite, que l'honnêteté dans les actions, sont, chez l'homme de talent, de simples accessoires. Proclamons bien haut que le génie lui-même ne serait pas digne de ces hommages solennels, de ces témoignages publics de vénération, si, au lieu de s'exercer sur des sujets qui trempent le caractère, qui élèvent l'esprit, qui font vibrer le cœur, il dépensait ses forces en vaines subtilités sans influence sur la marche de l'esprit humain.

Quelques mots seulement, et le caractère moral de Molière se présentera dans tout son jour. C'est le côté par lequel le grand homme aimait surtout à être apprécié.

Après de nombreuses, de pressantes sollicitations, Poquelin quitte, à quatorze ans, l'atelier et la boutique de son père. Vous le voyez aussitôt se livrant aux études les plus sérieuses, et particulièrement à celle des sciences, sous le célèbre Gassendi.

Poquelin ne pensait pas, avec la jeunesse présomptueuse de son époque, que les dons naturels pussent fructifier sans culture.

En ce temps-là, on croyait sérieusement dans le monde entier, qu'un comédien était un homme dégradé. Réciter en public, avec l'approbation et en présence des magistrats, même ses propres ouvrages, paraissait un crime digne de damnation. Le savoir d'un acteur, sa finesse, sa profondeur, ne tempéraient pas l'âpreté de l'arrêt.

Molière dédaigna ces absurdes préjugés. Il se fit comédien et auteur. De cette époque datent en France les principaux progrès de l'art théâtral, ce noble délassement des esprits de toutes les conditions et de tous les âges.

La conduite irréprochable de Molière après sa grave résolution, a plus contribué qu'on ne pense, à faire tracer enfin une ligne de démarcation nette et précise entre l'honneur véritable et les honneurs de convention.

Des relations de collége et un talent reconnu, eussent fait de Molière, s'il l'avait voulu, le secrétaire d'un prince du sang. Les avantages d'une si belle position ne tentèrent pas le jeune poëte: il préféra devenir un homme de génie!

Molière consacra toujours à des libéralités une large partie de ses revenus; aussi était-il adoré des malheureux et de ses camarades.

Il fit plus (notre humaine fragilité justifiera ces trois mots), *il fit plus*, en recherchant avec empressement les jeunes gens dont le talent commençait à poindre, les jeunes auteurs qui pouvaient un jour devenir ses rivaux.

Témoin Racine, dont Molière devint le protecteur, et, soit dit en passant, à une époque où il fallait être Molière pour apercevoir l'immortel auteur de *Britannicus*, de *Phèdre*, d'*Athalie*, dans les premiers essais d'un versificateur encore inexpérimenté.

Lorsque Colbert envoya cent louis à Racine, au nom de Louis XIV, à l'occasion d'une ode sur le mariage du monarque, le public remarqua malicieusement que la générosité du souverain d'un grand royaume, n'avait pas surpassé celle que le simple comédien venait d'exercer en faveur du jeune poëte.

Molière, dans toutes les circonstances de sa vie, montra pour le vice cette haine vigoureuse si bien dépeinte dans le *Misanthrope*, et qui a fait supposer qu'il s'était mis en scène lui-même.

Molière, sorti du peuple, ambitionnait par dessus tout ses suffrages. En butte à mille passions haineuses, il eut besoin d'un appui et chercha à le conquérir, en composant plusieurs pièces dans le goût de celles que la multitude applaudissait au théâtre de Scaramouche. Mais qu'on y regarde de près, ces ouvrages, que des juges inattentifs qualifient d'une manière sévère et en termes qu'il ne m'est pas permis de répéter ici, renferment eux-mêmes des scènes admirables. C'est ainsi que l'immortel poëte préludait à la réforme qui lui permit, plus tard, de donner au même public les comédies irréprochables des *Femmes savantes*, de l'*Avare*, du *Tartufe* et du *Misanthrope*.

Si Molière aima le peuple, le souvenir du peuple lui resta fidèle. J'en trouverai la preuve dans les paroles que Lekain consigna dans ses mémoires, à l'occasion d'une représentation avortée, dont le produit, en 1773, devait servir à faire élever une statue au père de la bonne comédie. « La masse la plus « pauvre et la plus sensible de la nation, dit le célèbre acteur « tragique, reçut l'annonce de la représentation avec le plus « grand enthousiasme ; mais les belles dames et les gens du bel « air n'y firent pas la moindre attention. »

Les hommes d'élite doivent compte à leurs contemporains, à la patrie, à la postérité, de l'usage qu'ils ont pu faire des facultés éminentes dont la nature les a dotés. La mémoire de Molière peut défier de telles investigations. En quinze années, l'incomparable poëte composa trente pièces. Molière n'avait que cinquante-un ans quand la France le perdit.

Nous avons dépeint l'auteur; voyons rapidement dans ses œuvres, je ne dis pas de quels plaisirs, l'énumération serait trop longue, mais de quels services, de quels bienfaits la société lui est redevable.

Avant Molière, la comédie ne reproduisait guère chez nous

que les ridicules des bouffons et des valets. Le grand homme transporta le premier sur la scène les personnages puissants et titrés. Eux aussi, dès ce moment, étalèrent aux yeux d'un public impitoyable et moqueur leurs travers et leurs vices. C'est de Molière que date *l'égalité devant le parterre.*

A l'époque des débuts de Molière, le faux bel esprit achevait d'envahir la France. Un jargon presque inintelligible, une galanterie ampoulée, du phébus dans les expressions de tous les sentiments, avaient usurpé, à Paris comme dans la province, la place du naturel. Les *Précieuses ridicules* parurent, et le naturel reprit son empire, et notre belle langue échappa à la ruine qui la menaçait.

Buffon disait : *Le style, c'est l'homme.* D'un seul trait, le grand peintre établissait ainsi les vrais rapports de l'auteur et de l'œuvre. Il aurait pu ajouter que dans un pays enclin à l'imitation, le mauvais style de quelques auteurs en renom suffirait pour infester les œuvres de tous et pour dénaturer le caractère national. Un petit acte de Molière préserva la France de ce malheur.

On chercherait vainement un vice, disons mieux, un ridicule, un simple travers, que les moralistes dogmatiques aient réellement extirpé. Molière a été plus heureux. Voulez-vous connaître le langage fade et alambiqué des ruelles, des salons de l'hôtel de Rambouillet? Lisez la comédie où Molière les balaya d'un revers de sa plume. La société n'en offre plus de traces.

Molière a eu, dans les *Femmes savantes*, l'honneur d'anéantir le plus lourd, le plus insupportable des ridicules : l'abus de l'érudition.

Il n'est pas d'esprit sincèrement, consciencieusement voué à l'étude, qui ne le remercie aussi d'avoir flagellé le savoir dégradé par le pédantisme, et la manie des lectures de société.

Dans le dix-septième siècle, les médecins affectaient de marcher en robe et en rabat. Afin, dit-on, de ne pas être compris des malades, ils écrivaient leurs consultations en latin.

Grâce à Molière, la science est restée et le charlatanisme a disparu.

Les critiques de l'immortel poëte contre les médecins du grand siècle, ont reçu la sanction des spirituels docteurs de notre époque. Des membres de la Faculté et de l'Académie de Médecine m'écoutent en souriant. Ces deux corps figurent noblement dans notre liste de souscription.

Les sarcasmes acérés de Molière, ses charmantes plaisanteries ont contribué, tout autant que les œuvres sérieuses de Bacon, de Galilée et de Descartes, à renverser de son piédestal le péripatétisme moderne. C'est lui aussi qui donna le coup de mort au galimatias des métaphysiciens de l'époque, à leurs nuageuses subtilités. Si ce travers d'esprit venait à ressusciter, il suffirait d'appeler une seconde fois à notre aide Marphurius et Pancrace, et tout serait dit.

Qui a porté dans le monde réel, dans le monde des faits, plus de réformes utiles? N'est-ce pas, par exemple, sous l'influence de deux pièces du grand comédien, qu'un système d'éducation sagement indulgent a remplacé, pour les jeunes filles, un ancien système follement sévère; que l'ignorance et l'esclavage n'ont plus semblé les vrais garants de la sagesse?

Philosophes, moralistes, législateurs, inclinez-vous devant Molière. Sur une foule de points essentiels, les gais tableaux du comédien ont plus heureusement, plus profondément modifié la société civile, que n'avaient réussi à le faire et vos ennuyeux sermons et vos prescriptions impérieuses.

La peinture si gaie, si grotesque de M. Jourdain n'a sans doute pas eu le privilége d'anéantir le penchant de la riche bourgeoisie à s'allier à la noblesse, mais on peut affirmer qu'elle y a apporté de notables tempéraments.

Il n'est aucune pièce de Molière, même parmi celles dont le sujet paraissait le plus frivole, où l'auteur n'ait cherché à frapper de mort quelque ridicule, quelque préjugé honteux. L'utilité, voilà toujours le *but* de l'auteur philosophe. L'amusement, la gaieté, le rire, ne marchent qu'en seconde ligne ; ce sont pour lui les *moyens*. Voyez les *Amants magnifiques*. Louis XIV veut qu'on représente deux princes se disputant le cœur d'une femme, en donnant, à l'envi l'un de l'autre, des fêtes magnifiques et galantes. Molière jette un devin parmi les acteurs de ce fade tournois, et l'*astrologie judiciaire*, encore assez vivace en 1670, tombe dans un ridicule auquel elle n'a point survécu.

Une autre fois, Molière flétrit en traits mordants, ineffaçables, la bassesse et la honte de l'avarice. Les sentiments, les démarches, les préoccupations, le langage de l'avare, tout est reproduit sur la scène avec une admirable fidélité; aussi arrive-t-il au spectateur atteint de ce vice, d'oublier que la pièce a plus de cent cinquante ans de date, de s'imaginer avoir posé devant le grand peintre, de craindre enfin qu'un voisin clairvoyant ne s'écrie : Harpagon! Harpagon! voici ton modèle.

Il n'est pas jusqu'à de simples travers dont Molière n'ait voulu préserver les hommes de bien : tel est le but réel du *Misanthrope*, un des chefs-d'œuvre de l'esprit humain. L'auteur a réussi avec un art merveilleux, avec une finesse de tact qui étonne, à faire sourire aux dépens de son misanthrope, tout en le laissant le personnage de la pièce auquel chaque spectateur honnête voudrait ressembler de préférence.

Un œil vulgaire ne voit, en général, dans les sociétés modernes, qu'une superficie commune, que des caractères d'une incroyable, d'une désolante uniformité. Le *contemplateur* (c'est ainsi que Boileau appelait Molière) avait, lui, trouvé le secret de découvrir les vices des hommes au milieu de leurs astucieuses métamorphoses. Il sut, dans l'occasion, écarter d'une main ferme les enveloppes d'emprunt, jeter au loin tout bagage de convention, se saisir du fond même des caractères, et tracer des peintures qui seront éternellement vraies, car le modèle a été pris dans la nature même.

C'est ainsi qu'il réussit à démasquer les hypocrites, les faux dévots. Molière eut l'admirable courage d'exposer ces personnages sur la scène dans toute leur laideur, et avec l'accompagnement de bassesse, de perfidie, d'ingratitude qui les caractérise.

De ce moment, la vie du poëte fut un pénible combat.

Les faux dévots tiraient de leurs odieuses menées de trop gros avantages pour y renoncer sans lutte. A force d'astuce, d'habileté, de persévérance, ils intéressèrent à leur cause des personnes respectables et sincèrement pieuses. Alors le succès leur parut certain. Ils criaient dans tous les lieux et sur tous les tons qu'un misérable comédien s'était scandaleusement arrogé le droit de juridiction en matière sacrée.

Le misérable comédien, puisque comédien il y a, resta inébranlable dans son droit. Il opposa la fermeté de l'homme de bien à d'incessantes intrigues.

Dans la pièce immortelle, le principal personnage se tire d'une position délicate à l'aide de l'exécrable maxime :

Il est avec le ciel des accommodements.

Aucun accommodement n'était possible avec Molière. Le philosophe avait peint d'après nature ; il n'aurait jamais consenti à affadir ses couleurs, à gazer son tableau. Le chef-d'œuvre ira à la postérité tel que l'auteur l'avait composé.

Molière a-t-il donc complétement extirpé du cœur de l'homme les germes de la plus odieuse des hypocrisies ?

Non, messieurs, il n'a été donné à personne, pas même à Molière, de changer la nature humaine.

Ce que Molière a fait avec un talent sans pareil, c'est de mettre sous les yeux du monde entier, le vrai signalement de l'imposteur qui se couvre du masque de la religion. Depuis ce jour, les hypocrites de cette pire espèce se cachent ; ils sont réduits à des manœuvres ténébreuses. Qui pourrait soutenir, ô Molière, que ton génie, que ta vertueuse persévérance ont été sans résultat, lorsque, modifiant un vers contemporain, je puis m'écrier avec l'assentiment de tous :

Et ton nom prononcé fait pâlir les *tartufes !*

Partout où pénétraient leurs armées victorieuses, les anciens, les Romains surtout, élevaient des monuments destinés à transmettre aux générations futures de grands souvenirs et de grands noms. De notre temps, les hommes ont trop de lumières pour mettre les événements de guerre au premier rang ; le premier rang appartient au triomphe de l'intelligence et de la raison. Il est donc permis d'espérer que l'architecture, que la statuaire, sortant des voies mesquines dans lesquelles on les forçait jusqu'ici de marcher, seront appelées à consacrer ces époques glorieuses où la France a brisé une à une les entraves que la tyrannie, les préjugés, l'intolérance et le fanatisme avaient semées sous ses pas. Alors, messieurs, le monument de Molière, sans perdre le caractère qu'aujourd'hui vous lui imprimez, occupera une place éminente, qu'on me passe l'expression, parmi les chapitres de l'histoire nationale, *en pierre*, *en marbre*, *en bronze*, que le génie de nos artistes aura créée. L'objet, la date du monument, et surtout le lieu qu'il occupe, arrêteront fortement l'attention.

Remontez, messieurs, par la pensée, au 21 février 1673. La foule se portait dans cette rue à flots précipités : ignorante, fanatisée, elle venait outrager la cendre à peine refroidie de l'auteur du *Tartufe*. Aujourd'hui, dans les spectateurs qui m'entourent, je n'aperçois que des admirateurs enthousiastes et reconnaissants de l'immortel poëte.

Le 21 février 1673, on obtenait à peine, malgré la protection avouée de Louis XIV, le modeste coin de terre où Molière devait reposer en paix. En 1841 et 1842, les pouvoirs de l'État, l'administration municipale de Paris, de grandes corporations, une multitude d'honorables citoyens ont voulu à l'envi concourir à l'acquisition du terrain où est venu s'élever le monument réparateur que vous saluez.

L'histoire a conservé les actes, moins odieux encore que ridicules, par lesquels un prélat, se soumettant de mauvaise grâce à la volonté d'un grand monarque, permettait d'ensevelir dans le cimetière commun de la paroisse Saint-Joseph, les restes inanimés d'un homme de génie. La permission était donnée *à la condition* (le terme n'est pas de moi) qu'il n'y aurait ni pompe dans la translation, ni service dans aucune église de Paris ; que tout, enfin, se passerait de nuit.

Voyez, messieurs, le contraste : c'est non-seulement en plein jour que les autorités municipales de la métropole, que les corporations savantes et littéraires, que les élèves des écoles publiques, que des citoyens de tous les âges se pressent devant la maison de Molière; mais, je puis l'assurer hardiment, si un regret, si un seul regret se mêle aux marques de sympathie dont vous êtes témoins, c'est que l'espace, la saison n'aient pas permis de donner à cette cérémonie encore plus de pompe et de grandeur.

Il y a bien loin, messieurs, de ce sentiment à celui qui, en 1673, cherchait mesquinement à faire descendre les obsèques d'un vertueux philosophe au niveau de celles d'un vil malfaiteur.

Quand la simple dalle qu'on eût été si heureux, en 1673, d'obtenir d'une tolérance intelligente, et dont les amis de Molière se fussent contentés, se transforme, sous nos yeux, cent soixante-onze ans après, en un magnifique monument, dans le quartier le plus fréquenté de la capitale, il est permis d'espérer que des esprits aveugles et rétifs sentiront enfin le besoin d'être de leur siècle.

Disons-le franchement, messieurs, ce monument n'est pas seulement la consécration d'un progrès déjà réalisé, il est aussi le gage d'un progrès à venir.

Désormais, ces colonnes, ces statues, proclameront aux yeux de tous que les préjugés sont tôt ou tard vaincus par la raison publique; elles exciteront à regarder avec un dédaigneux sourire les pygmées qui, en raidissant leurs petits bras, espèrent arrêter la marche de l'esprit humain. Du haut de ce monument splendide, Molière nous criera sans relâche de ne point écouter la voix du découragement, de marcher au contraire, d'un pas ferme et persévérant, vers l'avenir que son génie avait aperçu, dont il déblaya les approches, et au sein duquel l'humanité trouvera, dans un majestueux repos, le prix de ses longues, de ses sanglantes luttes.

A la fin de chaque discours la musique de la 2e légion de la garde nationale a exécuté des symphonies militaires. Une garde d'honneur avait été fournie au cortége par cette légion, sur l'arrondissement de laquelle est construit le monument.

Les discours terminés, M. le Préfet a procédé au dépôt dans le monument d'une boîte en métal, contenant :

1° La médaille d'inauguration [1];

2° Le livret historique (publié par la Commission de soucription) ;

3° Les OEuvres de Molière, en un volume;

4° L'*Histoire de la Vie et des Ouvrages de Molière*, par M. Jules Taschereau.

M. le Préfet a ensuite déposé une couronne qui a été immédiatement placée sur la tête de la statue.

Des couronnes ont été pareillement déposées :

Par M. Étienne, pour l'Académie Française;

Par M. Régnault, pour l'Académie des Sciences;

Par M. Magnin, pour l'Académie des Inscriptions et Belles-Lettres;

Par M. Halévy, pour l'Académie des Beaux-Arts;

Par M. Mignet, pour l'Académie des Sciences morales et politiques;

Par M. Samson, pour la Comédie-Française;

Par M. Arago, pour la Commission de souscription ;

Par M. Liadières, au nom des auteurs dramatiques;

Par M. Viennet, au nom de la Société des gens de lettres;

Par M. le baron Taylor, au nom de la Société des artistes dramatiques.

Puis le cortége est revenu dans le même ordre au Théâtre-Français, où il s'est séparé.

Fait à Paris, le 15 janvier 1844.

Et le présent procès-verbal a été signé par M. le Préfet de la Seine, par M. le Président de la Commission de souscription, et par le Secrétaire.

Le pair de France, Préfet de la Seine,
Cte DE RAMBUTEAU.

Le Président de la Commission,
F. ARAGO.

Le Secrétaire,
CORDELLIER DELANOUE.

1. Cette médaille, du module de 56 millimètres (25 lignes), est l'ouvrage de M. Caunois. Elle représente, d'un côté, la tête de Molière, d'après la statue du monument, avec cet exergue : MOLIÈRE, 1622-1675 ; et de l'autre, la façade géométrale du monument avec ces mots : INAUGURÉ EN 1844. SOUSCRIPTION NATIONALE. (*Voy. aux planches.*)

PIÈCES JUSTIFICATIVES.

I

EXTRAIT

DES DÉLIBÉRATIONS DE MM. LES COMÉDIENS DU ROI.

(15 FÉVRIER 1773.)

« Ce jour, le sieur Lekain, l'un de nos camarades, a demandé « qu'il lui fût permis d'exposer à l'Assemblée ce qu'il avait imaginé « pour honorer la mémoire de Molière, et consacrer sa centenaire « par un monument qui pût convaincre la postérité de la vénéra- « tion profonde que nous devons avoir pour le fondateur de la « vraie comédie, et qui n'est pas moins recommandable à nos yeux « comme le père et l'ami des Comédiens.

« Après quoi, il nous a représenté qu'il estimait convenable et « honorable d'annoncer ce même jour au public, et de motiver, « dans les journaux, que le bénéfice entier de la première repré- « sentation de *l'Assemblée*, qui doit être jouée mercredi pro- « chain, 17 courant, pour célébrer la centenaire de Molière, sera « consacré à faire élever une statue à la mémoire de ce grand « homme ;

« Qu'il ne doutait nullement que la partie la plus éclairée de la « nation française ne contribuât grandement à l'exécution d'un « pareil projet :

« Qu'il était instruit que l'Académie Française l'avait fort ap-
« prouvé; qu'elle l'avait trouvé digne de celui qui l'avait conçu,
« plus digne encore de ceux qui se proposaient de l'exécuter;

« Que l'on ne pouvait pas faire un sacrifice plus noble de ses
« intérêts, et que M. Vatelet, l'un des membres de cette même
« Académie, s'était offert de suppléer à la dépense de ce monu-
« ment si les fonds sur lesquels on devait compter n'étaient pas
« suffisants;

« Que d'ailleurs on pouvait être sûr du consentement de MM. les
« premiers gentilshommes de la chambre, et qu'il en avait pour
« garant la lettre qu'il avait écrite à nosseigneurs les ducs de
« Richelieu et de Duras, et nommément la réponse de ce dernier.

« La matière mise en délibération, nous, Comédiens du Roi,
« avons de grand cœur donné notre consentement au projet
« énoncé ci-dessus, quoiqu'il ait été agité par deux de nos cama-
« rades qu'il serait peut-être plus convenable que la société fît
« seule les frais d'un si noble monument.

« En conséquence, il a été décidé, à la pluralité des voix, que
« le sieur Lekain se chargerait de l'annoncer aujourd'hui au
« public. »

On trouve à la suite de cette délibération la lettre de Lekain à M. le duc de Duras, et la réponse de celui-ci, dont nous transcrivons ce qui suit :

« J'approuve fort votre idée, mon cher Lekain, pour la statue
« de Molière; mais je ne suis embarrassé que des moyens. Croyez-
« vous que la représentation de la centenaire suffise pour cet
« objet? D'ailleurs, pourra-t-on se dispenser de rendre le même
« hommage à Corneille et à Racine? Au surplus, je ne puis qu'ap-
« prouver cette idée, qui est très-*décente* et très-noble de la part
« de la Comédie. »

Ce que M. de Duras avait prévu arriva. Le public resta sourd à l'appel des Comédiens. Une note des *Mémoires de Lekain* nous apprend que « la masse la plus pauvre et la plus sensible de la nation, reçut l'an-
« nonce de la représentation avec le plus grand enthousiasme, mais

« que les belles dames et les gens du bel air n'y firent pas la moindre « attention. Aussi ce bénéfice, qui, dans les villes d'Athènes, de Rome « et de Londres, aurait suffi pour subvenir à la dépense projetée, ne « s'éleva qu'à 3,600 liv. ou environ. Il fallut qu'à la honte des riches et « des égoïstes, les Comédiens complétassent le reste. »

Nous avons cru devoir joindre aux documents qui précèdent, ce témoignage de la bonne volonté de Sedaine[1] :

« En 1768, j'ai donné aux Français *la Gageure imprévue*, pièce en « un acte et en prose : à l'exception du profit de *onze* représentations, « j'ai abandonné ce qu'elle rapporterait pour contribuer à l'érection « d'un buste en marbre du premier auteur comique de l'univers, et « peut-être du seul philosophe du siècle de Louis XIV... »

1. Extrait de quelques *Réflexions de Sedaine sur l'art dramatique*, imprimées à la fin du tome IV du *Théâtre choisi de Guilbert de Pixérécourt*. — Paris, Barba, 1843.

II.

PRÉFECTURE DE LA SEINE.

EXTRAIT

Des registres des procès-verbaux des séances du Conseil Municipal de la ville de Paris.

SÉANCE DU 23 AOUT 1836.

Présents : MM. Arago, Beau, Besson, Boulay de la Meurthe, Bouvattier, Galis, Gatteaux, Grillon, Husson, Jouet, Laffitte, Lahure, Lambert Sainte-Croix, Lanquetin, Lavocat, Legentil, Lehon, Marcellot, Michau, Moreau, Parquin, Périer, Perret, Thayer et Vincent.

Débouché de la rue du Hasard.

Le Conseil,

Vu le mémoire par lequel M. le Préfet propose de reconnaître l'utilité publique de la démolition d'une maison située rue Richelieu, au coin de la rue Traversière Saint-Honoré, et qui ferme l'issue sur la rue Richelieu et la rue du Hasard ;

Vu la pétition, annexée audit mémoire, des habitants des rues Traversière et du Hasard, qui, après avoir exposé l'utilité de cette opération, offrent de concourir à la dépense qu'elle occasionnera pour une somme de 18,000 fr. ;

Vu la lettre par laquelle M. le maire du 2ᵉ arrondissement annonce que, sur les observations de M. le Préfet, les propriétaires ont consenti à porter leur concours à 30,000 fr., et qu'ils en ont souscrit l'engagement entre ses mains;

Considérant que la suppression de cette maison, depuis long-temps décidée en principe comme alignement, est une mesure que l'accroissement journalier de la circulation rend de plus en plus nécessaire;

Considérant qu'au moyen de l'offre faite par les propriétaires de ce quartier d'un concours de 30,000 fr., la ville n'aura plus à supporter dans la dépense que la somme qu'en tous temps elle aurait dû payer pour la valeur du terrain que les alignements retranchent de cette maison;

Ouï le rapport de sa commission spéciale;

Est d'avis :

Qu'il y a lieu d'autoriser M. le Préfet à acquérir dès à présent, pour l'exécution immédiate des alignements des rues Richelieu et Traversière, la maison qui forme l'angle de cette rue, soit à l'amiable, soit dans les formes prescrites par la loi du 7 juillet 1833.

M. le Préfet est autorisé à offrir de cette maison au propriétaire actuel une somme de 62,000 fr. pour prix de cet immeuble, et à la charge par lui d'indemniser son locataire [1].

Aucune démarche pour parvenir à une acquisition amiable ou forcée ne sera faite par l'administration sans qu'au préalable les propriétaires souscripteurs aient versé à la caisse municipale la somme de 30,000 fr., montant de leur souscription.

Signé au registre : **Besson**, président.

Frédéric Moreau,
faisant fonctions de secrétaire.

Pour extrait conforme :

Le maître des requêtes, secrétaire général,
L. de Jussieu.

1. Il fut impossible de s'entendre avec le propriétaire; il fallut recourir à la voie de l'expropriation pour cause d'utilité publique. Le jury alloua 62,000 fr. d'indemnité au propriétaire, et 25,000 fr. au principal locataire.

III.

PRÉFECTURE DE LA SEINE.

EXTRAIT

Des registres des procès-verbaux des séances du Conseil Municipal de la ville de Paris.

SÉANCE DU 16 AOUT 1857.

Présents : MM. ARAGO, AUBÉ, BEAU, BESSON, BOULAY DE LA MEURTHE, BOUVATTIER, FERRON, GALIS, GANNERON, GATTEAUX, GRILLON, HUSSON, JOUET, LAFFITTE, LAMBERT SAINTE-CROIX, LANQUETIN, LAVOCAT, LEHON, MARCELLOT, MICHAU, MOREAU, PÉRIER, PERRET, PRESCHEZ, TERNAUX ET VINCENT.

Établissement d'une fontaine rue Richelieu.

Le Conseil,

Vu les mémoires de M. le Préfet de la Seine, en date du 18 mai dernier et du 16 août courant, contenant proposition de faire reconstruire la fontaine publique existant au coin des rues Richelieu et Traversière Saint-Honoré ;

Vu les plans, dessins et devis dressés pour cette construction par M. Visconti, architecte, projet montant à 26,203 fr. ;

Vu le détail estimatif des travaux de fontainerie dressé par les ingénieurs du service municipal et montant à 9,000 fr., total 35,203 fr. :

Vu le budget de 1838, où un crédit de ladite somme de 35,203 fr. a été voté par le Conseil pour cette dépense ;

Vu le nouveau projet présenté par l'architecte pour satisfaire aux exigences du service des eaux, projet comprenant, de plus que le premier, un caveau sous la fontaine, une porte, un escalier et des candélabres dont le pied servira de borne-fontaine; ledit projet s'élevant en dépense à 32,300 fr., et présentant, en conséquence, une augmentation de 6,097 fr. sur le premier pour les seuls travaux de maçonnerie ;

Considérant que les colonnes isolées de ce projet peuvent avec avantage être remplacées par des colonnes engagées, et que cette modification dans la construction motivera une réduction dans la dépense ;

Considérant que la sculpture de la figure, évaluée à 5,000 fr., peut être imputée sur le fonds des beaux-arts ;

Approuve, conformément à ces considérations, le projet de reconstruction de la fontaine dont il s'agit, et dont la dépense totale ne devra pas excéder le crédit de 35,203 fr. déjà voté au budget de 1838.

La somme de 5,000 fr. destinée à l'exécution de la statue sera imputée sur le fonds affecté aux beaux-arts.

Signé au registre : BESSON, président.

M. TERNAUX,
faisant fonctions de secrétaire.

Pour extrait conforme :

Le maître des requêtes, secrétaire général,
L. DE JUSSIEU.

IV.

MONITEUR DU 25 MARS 1838.

Il y a quelques jours, M. le Préfet de la Seine a reçu la lettre suivante :

« Monsieur le Préfet,

« Le *Journal des Débats*, dans son numéro du 14 février, annonce la prochaine construction d'une fontaine à l'angle des rues Traversière et Richelieu. Permettez-moi, monsieur le Préfet, de saisir cette occasion pour rappeler à votre souvenir que c'est précisément en face de la fontaine projetée, dans la maison du passage Hulot, rue Richelieu, que Molière a rendu le dernier soupir, et veuillez excuser la liberté que je prends de vous faire remarquer que, si l'on considère cette circonstance et la proximité du Théâtre-Français, il serait impossible de trouver aucun emplacement où il fût plus convenable d'élever à ce grand homme un monument que Paris, sa ville natale, s'étonne encore de ne pas posséder.

« Ne serait-il pas possible de combiner le projet, dont l'exécution est confiée au talent de M. Visconti, avec celui que j'ai l'honneur de vous soumettre? Quand vos fonctions vous le permettent, monsieur le Préfet, vous venez assister à nos représentations, vous applaudissez aux chefs-d'œuvre de notre scène : le vœu que j'exprime sera compris par vous, et j'espère que vous l'estimerez digne d'attention.

« Les modifications que l'on serait obligé de faire subir au projet arrêté entraîneraient indubitablement de nouvelles dépenses ; mais cette difficulté serait, je le crois, facilement écartée. N'est-ce pas à l'aide de dons volontaires que la ville de Rouen a élevé une statue de bronze à Corneille? Assurément, une souscription destinée à élever la statue de Molière n'aurait pas moins de succès dans Paris. Les corps littéraires et les théâtres s'empresseraient de s'inscrire collectivement ; les auteurs et les acteurs apporteraient leurs offrandes individuelles ; tous ceux qui aiment les arts et qui révèrent la mémoire de Molière accueilleraient cette souscription avec faveur, et s'intéresseraient à ce qu'elle fût rapidement productive : du moins c'est ma conviction, et je souhaite vivement que vous la partagiez.

« D'autres que moi, monsieur le Préfet, auraient sans doute plus de titres pour vous entretenir de ce projet, qui avait déjà préoccupé le célèbre Lekain ; mais, si la France entière s'enorgueillit du nom de Molière, il sera toujours plus particulièrement cher aux Comédiens. Molière fut tout à la fois leur camarade et leur père, et je crois obéir à un sentiment respectueux et presque filial, en vous proposant de réunir au projet de l'administration celui d'un monument que nous serions si glorieux de voir enfin élever au grand génie qui, depuis près de deux siècles, attend cette justice.

« J'ai l'honneur, etc.

RÉGNIER,
Sociétaire du Théâtre-Français.

M. le Préfet s'est empressé de répondre en ces termes à M. Régnier :

Paris, 14 mars 1838.

« Monsieur,

« J'ai reçu la lettre que vous m'avez fait l'honneur de m'écrire au sujet de la fontaine que l'administration municipale va faire construire à l'angle formé par la jonction des deux rues Traversière et Richelieu. Vous exprimez, à cette occasion, le désir de voir élever à Molière un monument que sa ville natale s'étonne de ne pas encore posséder, et vous pensez que l'on pourrait d'autant mieux profiter de la circonstance que c'est précisément en face de la fontaine projetée, dans la maison Hulot, que ce grand homme a rendu le dernier soupir.

« Je m'associe de vœu et d'intention à un pareil projet, et, autant que personne du monde, je me réjouirais de voir la ville de Paris rendre enfin à Molière le même hommage que d'autres villes de France ont déjà rendu à Montaigne et à Pascal, à Corneille et à Racine, à Bossuet et à Fénélon. Mais il ne dépend pas de moi, Monsieur, de changer ni le caractère ni la destination d'un monument dont le Conseil municipal a voté la dépense et approuvé les plans. Toutefois, comme en maintes circonstances le principe du concours des particuliers a été admis, par l'administration, dans des vues d'intérêt général, j'aime à croire que la ville pourrait accepter, pour être concurremment employé avec les fonds votés par elle, le produit d'une souscription qui aurait été ouverte dans une pensée aussi louable, et j'oserais presque dire aussi parisienne, que celle que vous m'avez fait l'honneur de me soumettre. Aussi n'hésiterai-je pas à en faire l'objet d'une proposition au Conseil municipal, avec la confiance que les hommes honorables qui y siégent, fidèles interprètes des sympathies de leurs concitoyens, accueilleront favorablement l'idée de payer un juste tribut d'admiration à l'un des plus beaux génies de la France, et peut-être à la plus grande des illustrations parisiennes.

« Agréez, etc.

« Le pair de France, préfet de la Seine,

« Comte DE RAMBUTEAU. »

V.

CONSEIL MUNICIPAL DE LA VILLE DE PARIS.

RAPPORT

SUR LA FONTAINE MOLIÈRE,

Fait au nom d'une Commission spéciale

PAR M. BOULAY DE LA MEURTHE.[1]

SÉANCE DU 21 JUIN 1839.

Messieurs,

De tout temps, mais surtout de nos jours, les villes qui ont vu naître ou qui ont possédé dans leur sein des hommes célèbres, s'en sont montrées fières. Ce sentiment, fût-il un préjugé, est honorable, car il est un hommage rendu au mérite ; il est utile, car il est propre à l'engendrer. Ce noble orgueil se manifeste surtout par des monuments, élevés au moyen de souscriptions particulières, de subventions des communes et du concours de l'État.

Pour ne parler ici que de quelques villes, et pour ne pas sortir du cercle des hommes qui se sont illustrés dans la carrière des lettres, nous citerons les monuments ainsi érigés, à Malherbe, par Caen ; à Pascal, par Clermont ; à Corneille, par Rouen ; à Racine, par La Ferté-Milon ; à La Fontaine, par Château-Thierry ; à Bos-

1. La commission était composée de MM. de Cambacérès, Hérard, Grillon, Ternaux, Boulay de la Meurthe rapporteur, et Gatteaux adjoint

suet, par Dijon et Meaux; à Fénélon, par Cambrai; à Montesquieu, par Bordeaux; à J.-J. Rousseau, par Genève; à Buffon, par Montbar.

Paris seul, jusque dans ces derniers temps, n'avait encore ni donné ni suivi cet exemple. A quoi faut-il attribuer cette inertie apparente qui n'était assurément pas de l'indifférence? Est-ce à ces travaux, si nombreux et si divers, qui absorberaient toute l'attention de ses administrateurs et de ses conseillers? ou ne serait-ce pas plutôt à l'embarras des richesses, et à la difficulté de faire un choix parmi tant de personnages éminents dans tous les genres, auxquels il peut se glorifier d'avoir donné le jour?

Quoi qu'il en soit, le voilà qui, lui aussi, veut avoir ses monuments en l'honneur de ses grands hommes. Déjà une des façades de son hôtel-de-ville se décore, et bientôt toutes les autres, comme un vaste Panthéon parisien, vont se parer des statues consacrées à leur mérite ou à leur gloire.

Aujourd'hui, M. le Préfet de la Seine, excité par la voix publique aussi bien que par son propre sentiment, vient vous proposer l'adoption d'un monument érigé au plus grand d'entre eux, à Molière.

Nous n'avons pas en ce moment à apprécier son génie ni à exposer sa vie en détail. Son génie, qui ne le connaît et ne l'admire? Sa vie, qui ne la sait et ne l'aime?

Mais peut-être nos collègues nous sauront-ils gré de leur remettre en mémoire, en les groupant ici, toutes les circonstances de cette vie qui se rapportent à la capitale, et rentrent par conséquent dans notre sujet.

Molière est né à Paris, le 15 janvier 1622, dans une maison de la rue Saint-Honoré, au coin de la rue des Vieilles-Étuves, ayant pour enseigne le *Pavillon des Cinges*[1], aujourd'hui numérotée 96, rue Saint-Honoré, et 2, rue des Vieilles-Étuves.

Ses aïeux paternels, du nom de Poquelin, et ses aïeux maternels, du nom de Cressé, étaient de bons bourgeois de la capitale, où ils exerçaient la profession de tapissiers.

Plusieurs de ses parents, de 1647 à 1685, appartenant aux corps

1. *Cinges* était ainsi écrit par un C.

de la mercerie et de la draperie, furent *juges* et *consuls* de Paris.

Parvenu à l'âge de quatorze ans, sans avoir été autre chose qu'apprenti tapissier, et ne sachant presque que lire et écrire, mais tourmenté déjà par un vague instinct qui devait être plus tard du génie, le jeune Jean-Baptiste Poquelin obtint enfin de son père d'être envoyé au collége de Clermont, dirigé par les jésuites, et qui est aujourd'hui le collége Louis-le-Grand, rue Saint-Jacques.

En peu d'années, il eut terminé ses études classiques. Il eut le bonheur de faire sa philosophie à Paris, sous l'illustre Gassendi, avec Bernier, Hesnaut et Chapelle.

Mais ce qui dut surtout contribuer à développer ses facultés, ce fut le grand enseignement des troubles de la Fronde, dont il eut le spectacle sous les yeux dans sa jeunesse.

Il commença à exercer son art de comédien à Paris, dans les premiers temps de la régence de la reine Anne. Il forma une troupe de jeunes gens qui jouèrent d'abord par pur amusement, et bientôt par spéculation. Elle débuta aux fossés de la porte de Nesle, dont l'emplacement est occupé aujourd'hui par la rue Mazarine. Elle alla ensuite donner des représentations au port Saint-Paul, et puis enfin dans le jeu de paume de la Croix-Blanche, rue de Bussy. Elle se qualifia d'*illustre théâtre;* et Poquelin, par égard pour sa famille, prit le nom de Molière.

Au commencement de 1646 jusque vers l'an 1650, il parcourut la province avec cette troupe. Durant cette dernière année, de retour dans la capitale, il y joua plusieurs fois devant son ancien condisciple du collége de Clermont, le prince de Conti, dans son hôtel.

En 1653, il repartit pour la province, et ne revint se fixer à Paris que le 3 novembre 1658, après avoir obtenu pour sa troupe le titre de *troupe de Monsieur*. Il fut donc, pendant dix à onze ans, éloigné de Paris. Il s'en était déjà précédemment absenté pendant un an, en 1641, pour suivre la cour à Narbonne, comme survivancier de son père dans la charge de tapissier-valet-de-chambre du roi, alors Louis XIII.

Si ce n'est pendant ces onze à douze années et quelques courtes absences à la suite de Louis XIV, toute la vie de Molière s'écoula à Paris.

A l'exception de ses premiers ouvrages, dont il ne reste plus que le nom, de *l'Etourdi* et du *Dépit amoureux*, il écrivit à Paris toutes ses pièces, et par conséquent tous ses chefs-d'œuvre.

Elles y furent toutes représentées, et sa ville natale aurait joui seule et toujours de leur première apparition sur la scène, si Louis XIV n'avait réservé à ses résidences privilégiées la primeur de quelques-unes.

Molière avait été mis d'abord en possession du théâtre du Petit-Bourbon, construit dans ce qui restait de l'hôtel du connétable de Bourbon, vis-à-vis de Saint-Germain-l'Auxerrois.

En 1660, au mois d'octobre, cet hôtel ayant été entièrement démoli pour faire place à la colonnade du Louvre, la troupe de Molière fut installée et débuta, le 4 novembre suivant, dans le plus grand des deux théâtres que Richelieu avait fait construire dans le Palais-Royal, et qui était connu sous le nom de Théâtre du Palais, auquel il était contigu, du côté de la rue des Bons-Enfants. Les acteurs qui composaient cette troupe y reçurent le titre de Comédiens du Roi, et y restèrent jusqu'à la mort de Molière.

Il mourut, le 17 février 1673, après avoir joué dans la quatrième représentation du *Malade imaginaire*. Il expira, sur les dix heures du soir, à l'âge de cinquante et un ans, un mois et deux jours, dans sa demeure, rue Richelieu, vis-à-vis la fontaine située à l'angle de cette rue et de la rue Traversière, dans la maison du passage Hulot, qui porte aujourd'hui le n° 34.

Depuis qu'il s'était fixé à Paris, il avait demeuré successivement rue Saint-Honoré, vis-à-vis le Palais-Royal, paroisse Saint-Germain-l'Auxerrois; même rue, à l'extrémité orientale, paroisse Saint-Eustache; rue Saint-Thomas-du-Louvre, et enfin dans la maison où il mourut [1].

Il fut inhumé dans le cimetière Saint-Joseph, rue Montmartre, le 21 février au soir.

1. Nous avons pour garant de l'exactitude de la plupart de ces faits l'excellente *Histoire de la vie et des ouvrages de Molière*, par M. Jules Taschereau, 2e édition, 1828.

Sa veuve, Armande-Grésinde Béjart, qui avait fait le tourment de sa vie par sa coquetterie, perdit par un second mariage le nom illustre qu'elle portait.

De trois enfants qu'il avait eus, un seul, une fille, lui survécut. Elle épousa, en 1686, un sieur Rachel de Montalant ; elle décéda sans enfants, le 23 mai 1723, et en elle s'éteignit la descendance de Molière.

Quoiqu'il fût l'aîné de dix enfants, quoique quelques-uns de ses frères en eussent eu un grand nombre, et un d'entre eux jusqu'à seize, sa famille aussi paraît s'être éteinte vers 1780, et le nom de Poquelin lui-même n'existe plus

Après avoir indiqué par combien de points Molière touche à Paris, il ne sera pas hors de notre sujet de rappeler de quels honneurs et, faut-il le dire ? de quels outrages il fut l'objet de son vivant et après sa mort.

Molière, qui fut le plus judicieux penseur, le plus profond moraliste, le plus courageux réformateur, le plus grand écrivain du grand siècle, au dire de Boileau [1], et peut-être de tous les siècles, au dire de la postérité ; lui, à qui, comme l'a dit Voltaire [2], la France doit peut-être Racine, qui réchauffa le génie du vieux Corneille, qui sut le mieux apprécier La Fontaine ; cet homme, dont la gloire est la plus complète entre toutes les gloires anciennes et modernes, se vit exclu de l'arbre généalogique de sa famille. L'Académie Française craignit de déroger en l'accueillant dans son sein ; Boileau ne lui rendit qu'une seule fois justice entière, et ne croyait pas qu'*il eût remporté le prix de son art* [3] ; Racine, ingrat, se plaisait parfois à le déprécier ; La Bruyère estimait qu'il fallait réunir Térence à Molière, pour faire des deux un grand homme, et qu'il *avait manqué à celui-ci d'éviter le jargon et le barbarisme et d'écrire purement* [4] ; madame de Sévigné préférait le plaisir d'écrire à sa fille à la lecture des *Femmes Savantes*, faite par Molière lui-même, chez le duc de

1. Mémoire sur la vie de Jean Racine, par Louis Racine.
2. Vie de Molière.
3. Voyez entre autres les vers 391 à 400 du chant III de l'Art poétique.
4. Les Caractères, chap. 1er.

La Rochefoucauld[1] ; Bourdaloue argumentait contre lui en pleine chaire[2]; Bossuet, dans sa superbe intolérance, faisait semblant de ne le pas comprendre, et l'invectivait[3]; Fénélon trouvait qu'il *pensait bien*, mais que *souvent il parlait mal*, *outrait les caractères*, rendait le vice aimable et la vertu ridicule[4]; Marivaux le traitait de *peintre de dessus de porte*[5]; J.-J. Rousseau a distillé contre lui du fiel et des sophismes[6]; et jusque dans les jugements de Voltaire, qui fut de tous ces personnages illustres le plus juste envers lui, on respire encore je ne sais quelle sécheresse et quelle dureté[7]; il s'en prend sans cesse à son style, à ses intrigues, à ses dénouements, et prodigue la qualification de *farces* à près de la moitié de ses pièces.

A côté de ces critiques, nous ne citerons pas celles des sots et des zoïles de son temps, ni celles de certains esprits faux, ni celles de quelques écrivains étrangers. Mais comment ne pas s'étonner, quand on se rappelle que, pour faire son chemin sur la scène, il fallut au *Misanthrope* le passeport du *Fagotier?* Comment ne pas se sentir douloureusement affecté, lorsqu'on songe qu'à ses derniers moments, le clergé lui refusa les secours de la religion ; que la multitude, le jour de ses funérailles, s'ameuta pour les troubler et insulter à sa mémoire[8]; que sa dépouille mortelle, comme si la société eût eu à en rougir, fut conduite la nuit, sans honneurs, escortée seulement par des amis privés, et reléguée sous *un peu de terre obtenu par prière !*

Trois hommes seuls, du vivant de Molière, ont su dignement comprendre son génie : Louis-le-Grand, inspiré par son glorieux égoïsme; le grand Condé, parce qu'il était vraiment grand; et La Fontaine, parce qu'il était lui-même homme de génie.

Bien différent en cela de La Bruyère, La Fontaine retrouvait

1. Lettre CLXXXIII.
2. Sermon pour le VIIe dimanche après la Pentecôte.
3. Maximes et Réflexions sur la comédie.
4. Lettre sur l'éloquence.
5. Mémoires sur l'art dramatique — sur Molière — *signé* D.
6. Lettre à d'Alembert sur les spectacles.
7. Voyez notamment la Vie de Molière, avec des jugements sur ses ouvrages.
8. Sa veuve, pour calmer la foule, fut obligée de lui jeter de l'argent ; il lui en coûta 1,000 francs.

à la fois Plaute et Térence dans le seul Molière[1]. Condé le priait de le venir trouver *à toutes ses heures vides*, disant *qu'il ne s'ennuyait jamais avec Molière*, et restant souvent trois et quatre heures avec lui. Dans le moment où la calomnie la plus odieuse poursuivait le grand poëte, le grand roi voulut tenir son premier enfant sur les fonts de baptême. Quand le préjugé s'efforçait de couvrir de ses mépris le comédien, Louis XIV, en présence de toute sa cour, le fit asseoir à sa table et le servit de ses propres mains. Il ramena souvent sur ses ouvrages l'opinion de cette même cour, qui s'égarait. Il le couvrit sans cesse de l'égide de sa puissance, dans cette guerre courageuse et incessante soutenue par un seul contre les travers, les ridicules et les vices du temps et ce fut enfin par son ordre exprès que *Tartuffe* fut représenté.

Près de cent ans après la mort de Molière, en 1769, l'Académie française ouvrit pour son éloge un concours, où Chamfort remporta le prix ; quelques années plus tard, en 1778, elle inaugura son buste, donné par d'Alembert, dans le lieu de ses séances, avec cette inscription de Saurin :

« Rien ne manque à sa gloire, il manquait à la nôtre. »

Aujourd'hui, dans cette même enceinte, s'élève sa statue de grandeur naturelle.

Honneur à la Comédie-Française ! Elle a été constamment attentive à célébrer la mémoire de Molière. Elle le fit peindre sous la pourpre d'*Auguste*[2], naïf hommage, autorisé par le goût de l'époque. Cent ans après qu'il n'était plus, sur la proposition de Lekain, elle décida de consacrer le produit d'une représentation solennelle de *Tartuffe*, donnée le 17 février, à l'érection d'une statue *au fondateur de la vraie comédie*. « La masse la « plus pauvre et la plus sensible de la nation, dit Lekain[3], reçut « cette annonce avec le plus grand enthousiasme ; mais les belles « dames et les gens du bel air n'y firent pas la moindre atten- « tion. » La recette, qui ne s'éleva qu'à 3,600 liv., fut insuffisante

1. Voyez l'épitaphe de Molière par La Fontaine.
2. Éloge de Chamfort.
3. Mémoires de Lekain

pour payer une statue, et il fallut se contenter d'un buste. Telle est l'origine de celui que l'on voit aujourd'hui au foyer de la Comédie-Française, et qui est un des plus beaux ouvrages de Houdon.

En 1782, le nom de Molière fut donné à une rue de quelques maisons qui règne sur un des côtés de l'Odéon.

En 1792, la section du quartier Montmartre prit le nom de *section armée de Molière et de La Fontaine*.

Le 6 juillet de cette même année, les administrateurs de cette section firent exhumer les restes de ces deux grands hommes, pour les déposer, disaient-ils, dans des monuments dignes d'eux.

Mais malheureusement cette exhumation fut opérée avec si peu de critique et de soin, qu'il est douteux qu'on ait recueilli les ossements de Molière, et qu'il paraît certain qu'on n'est pas en possession de ceux de La Fontaine [1].

Tout aussi malheureusement ces dépouilles mortelles furent, pendant sept années, laissées à l'abandon.

Enfin, à force de démarches, M. Alexandre Lenoir ayant obtenu qu'elles seraient transférées dans le musée des Petits-Augustins, cette translation eut lieu sans aucun appareil, le 7 mai 1799. Deux monuments en pierre, décorés seulement des noms de Molière et de La Fontaine, reçurent leurs restes présumés.

Quand ce musée fut dispersé, le 6 mars 1817, ces restes furent transportés au cimetière de l'Est, où ils reposent au sein des deux monuments dont nous venons de parler, lesquels s'élèvent, dans leur simplicité première, sur un terrain dont, il faut le dire, la ville a bien voulu ne jamais réclamer le prix [2].

1. L'acte de décès de La Fontaine constate qu'il a été enterré au cimetière des Innocents.

2. L'arrêté du Préfet de la Seine qui ordonne cette translation est à la date du 28 février 1817. L'art. 2 est ainsi conçu : « Le sieur Godde, architecte, fera effectuer cette translation *aux moindres frais possible*, mais avec tous les égards religieux dus à la mémoire de ces hommes célèbres. »

L'exhumation a eu lieu le 6 mars 1817. Les restes de Molière et de La Fontaine ont été extraits, dit le procès-verbal, avec le respect convenable, et placés dans des bières neuves de bois de chêne, avec toutes les pièces des anciennes bières tombées en décomposition. Les deux corps ont été présentés à l'église de Saint-Germain-des-Prés, où une grande messe a été célébrée. Ils ont ensuite été transférés au cimetière de l'Est, et déposés dans

Cette dernière translation ne se fit pas, cette fois, sans que les cercueils fussent présentés à Saint-Germain-des-Prés, où une messe fut célébrée avec une certaine pompe. Mais, hélas ! ce fut une messe surprise, dans un moment d'urgence, par l'architecte de la ville, à la charité du curé de la paroisse, et celui-ci fut vertement tancé par son supérieur ecclésiastique, pour quelques prières récitées sur la tombe de l'auteur du *Tartuffe*, plus de cent quarante ans après sa mort !

Le même M. Alexandre Lenoir, le 28 janvier 1799, fit placer sur une maison de la rue de la Tonnellerie, aujourd'hui numérotée 3, de concert avec le propriétaire de cette maison, un buste en pierre de Molière, avec une inscription qui indique, conformément à une ancienne tradition, qu'il y était né en 1620. Cette double erreur, quant au lieu et à la date de sa naissance, a été reconnue depuis d'une manière indubitable ; et cependant, comme par l'effet d'un noble orgueil qu'on ne saurait blâmer, cette même maison, démolie et reconstruite, continue à se parer de cette image et de cette inscription, auxquelles elle n'a pas droit.

A ce buste si simple consacré par la piété de deux particuliers, à celui du Théâtre-Français, à celui de l'Académie, à la statue qu'elle érigea, à cette petite rue qui porte le nom de Molière, à ce tombeau si modeste qu'on voit au Père-Lachaise, joignez deux vieux fauteuils, l'un conservé à Pézénas, comme ayant servi à Molière, l'autre gardé religieusement par la Comédie-Française, comme étant celui où il s'assit la dernière fois qu'il joua ; et

une salle au rez-de-chaussée du bâtiment principal, où un vicaire de Saint-Germain-des-Prés, qui avait accompagné les deux corps avec un *clerc, a fait sur eux les dernières prières de la liturgie des trépassés*. Ils sont restés en dépôt dans cette salle, jusqu'à ce que les sarcophages qui leur avaient été élevés dans le jardin des Petits-Augustins aient été reconstruits dans le cimetière de l'Est.

Le 2 mai 1817, ces sarcophages étant reconstruits, les deux corps y ont été transportés. Là, selon le procès-verbal, a été faite la reconnaissance des corps, consistant en ossements et en matières terreuses, provenant de leur décomposition... Les prières et cérémonies religieuses pour les morts, que ce nouveau déplacement a exigées, ont été accomplies par ce même vicaire, assisté de son clerc, qui avait déjà été présent à la première translation

Cette première translation, y compris les cercueils en chêne, avait coûté 258 fr. La dépense de la reconstruction des sarcophages s'éleva à 1,810 fr.

peut-être aurez-vous énuméré les seuls monuments qui s'élèvent à sa gloire[1].

Un aussi grand génie réclamait des honneurs moins mesquins.

En 1818, *le Constitutionnel*, se rendant en cela l'interprète d'un sentiment patriotique, proposa qu'un monument national lui fût érigé par souscription. Cette idée fut accueillie, et il se manifesta même un élan général qui lui promettait un heureux succès ; mais les circonstances au milieu desquelles on se trouvait alors en décidèrent autrement.

En 1829, un nouveau projet de souscription naquit au sein d'une réunion intime d'artistes et d'hommes de lettres ; il avait surtout pour instigateurs M. Gatteaux, aujourd'hui notre collègue au Conseil municipal, et M. Varcollier, chef du secrétariat général de la préfecture de la Seine. Dans leur pensée, la statue de Molière devait s'élever sur la place de l'Odéon ; et M. Gatteaux, qui avait déjà exécuté les statues de plusieurs grands hommes, avait même proposé d'en faire le modèle gratuitement. Mais ce projet échoua, qui le croirait? devant cette réponse formelle de M. le Ministre de l'Intérieur de cette époque : *Les places publiques de Paris sont exclusivement consacrées aux monuments érigés en l'honneur des souverains.*

En 1836, la Comédie-Française, par l'organe de son directeur, demanda au *Constitutionnel* de réveiller l'idée de la souscription de 1818. Le journal s'y prêta avec empressement. Cette œuvre généreuse s'annonça encore une fois sous des auspices favorables, et cependant encore une fois elle resta inexécutée.

D'où vient cela? Ne serait-ce pas de ce qu'il lui manquait le secours tout puissant de Paris-commune, de Paris représenté par le chef de son administration et par son Conseil municipal? Or, ce secours ne pouvait plus tarder bien longtemps. Ce n'était pas au moment où les représentants de cette immense cité, accom-

1. Le *Moniteur* du 8 decembre 1835 a annoncé la fondation d'un musee Molière, au Théâtre-Français, par les soins de M. Joustin de la Salle. Si l'on en croit cette feuille, nombre d'artistes, et entre autres MM. Paul Delaroche, Johannot, Decamps, Boulanger, Devéria, Roqueplan, Robert-Fleury, Grandville, se seraient empressés de promettre a cette œuvre le tribut de leurs talents. Malheureusement cette genereuse idee ne s'est pas realisée.

plissant leur mission dans ce qu'elle a de plus élevé, s'appliquent à rémunérer tous les services rendus, à honorer tous les genres de mérite, à multiplier les encouragements aux arts et aux lettres, à tenter à grands frais des expériences utiles aux sciences, à préserver les monuments d'autrefois, à en construire eux-mêmes de durables, à jeter à pleines mains dans les masses des trésors d'instruction et de moralisation ; ce n'était pas au milieu de pareils travaux qu'ils auraient méconnu plus longtemps ce que doit Paris à Molière, Parisien par sa famille, par sa naissance, par sa vie, par sa mort, par ses études, par son art, par ses chefs-d'œuvre ; dont la gloire, en un mot, n'a pas un rayon qui ne brille sur Paris. Aussi, dès le jour même, 31 mars 1837, où ils placèrent sur la façade du vieil Hôtel-de-Ville, qui en était restée veuve si longtemps, les statues d'hommes qui avaient bien mérité de la cité, si celle de Molière ne s'y fit pas remarquer entre toutes les autres, c'est que chacun pensa qu'à cet homme à part il fallait un monument qui lui fût propre. Dès lors il ne manqua plus qu'une occasion favorable à cette pensée pour qu'elle se réalisât.

Cette occasion ne tarda pas à se produire. Le mérite de l'avoir signalée appartient à M. Régnier, un des sociétaires de la Comédie-Française, lequel, dans les premiers jours de mars 1838, demanda à M. le Préfet de la Seine que la fontaine à construire à l'angle des rues Traversière et Richelieu fût consacrée à Molière, et proposa qu'une statue lui fût élevée là par souscription.

M. le Préfet ayant accueilli cette proposition avec empressement et promis de la soumettre au Conseil municipal, son auteur en fit part au comité d'administration du Théâtre-Français, qui eut hâte de s'associer à une initiative prise avec tant d'à-propos.

Au reste, à qui cette initiative pouvait-elle mieux appartenir qu'aux sociétaires de la Comédie-Française ? Ne sont-ils pas les successeurs de Molière et ses dignes interprètes ? N'est-ce pas au milieu d'eux surtout que se perpétue avec tant de piété [1] le sou-

1. Chaque année la Comédie-Française célèbre l'anniversaire de la naissance de Molière. Ce jour-là, elle couronne son buste, elle représente un de ses chefs-d'œuvre, et souvent quelque pièce composée pour honorer sa mémoire. Ces pièces, à elles seules, forment déjà un répertoire ; nous citerons entre autres *la Fête de Molière*, comédie spirituelle de M. Samson, un des sociétaires.

venir du grand homme qui, pour devenir et demeurer comédien, brava le préjugé, rompit avec sa famille, refusa les offres d'un prince du sang et renonça aux honneurs de l'Académie; qui se serait rendu célèbre en exerçant leur art, s'il ne s'était pas immortalisé en écrivant, qui forma Baron, qui toute sa vie se dévoua, qui mourut à la peine, qui les couvre de sa gloire et les enrichit de ses chefs-d'œuvre?

Cette souscription, proposée par eux, devait réussir d'autant plus qu'ils y ont largement pris part. Une représentation du Théâtre-Français, au bénéfice de la souscription, a produit plus de 12,000 fr. Cet exemple a été suivi par plusieurs autres théâtres de Paris, de la banlieue et des départements, et nous nous plaisons à citer, entre autres, celui de Belleville, qui, malgré son exiguité, a ainsi versé plus de 1,500 fr. Indépendamment de ces souscriptions collectives, les artistes de la Comédie-Française, imités en cela par presque tous ceux de Paris, ont encore souscrit individuellement pour près de mille écus. Mademoiselle Mars s'est fait inscrire pour 1,000 fr.

Le roi, la famille royale, les diverses classes de l'Institut, l'Académie de médecine, la commission du monument, celle des auteurs dramatiques, plusieurs corps et sociétés, parmi lesquels il est permis de citer le Conseil municipal, un grand nombre de notabilités et de citoyens de tous états, se sont également empressés d'apposer leurs noms sur les listes de souscription.

Aujourd'hui, c'est au tour de la ville de Paris, en tant que commune, d'apporter aussi son tribut, en même temps qu'il lui est réservé d'adopter le plan du monument et de veiller à son exécution.

Ce monument [1] se compose d'une niche à colonnes détachées, avec fronton orné de sculptures, d'attributs dramatiques et d'une figure de Génie portant une couronne; le tout surmonté d'une corniche et d'un attique. La statue de Molière, ayant neuf pieds de haut, assise dans l'attitude de la méditation, est portée sur un piédestal demi-circulaire, contre lequel sont appuyées deux autres

1. Cette description est celle du projet primitif, qui a d'ailleurs peu varié, et seulement dans ses détails.

statues représentant la Comédie sous ses deux caractères sérieux et gai. Dans le soubassement sont des mascarons, qui jetteront de l'eau dans un bassin occupant la base du monument.

Au fronton, on lira ces deux mots : *A Molière*. Aux deux côtés du piédestal seront deux inscriptions, dont l'une portera : *Né à Paris, le* 15 *janvier* 1622 ; et l'autre : *Mort à Paris, le* 17 *février* 1673. Sur le piédestal seront inscrits les titres de toutes ses comédies.

Le projet de ce monument est l'ouvrage de M. Visconti ; les modèles en petit des statues sont de M. Seurre aîné. Soumis à la commission des beaux-arts, ce projet a obtenu son approbation. Exposé depuis un mois aux regards du Conseil municipal, il n'est presque pas un de ses membres dont il n'ait à l'avance captivé le suffrage. Votre commission lui a unanimement accordé le sien.

Nous avons cependant critiqué les sujets des deux statues accessoires ; nous n'admettons pas en principe qu'il y ait une comédie sérieuse et une comédie gaie ; nous ne l'admettons pas surtout en fait pour le théâtre de Molière. Nous pensons donc qu'il conviendra de remplacer ces deux sujets par deux autres figures allégoriques, telles, par exemple, que la Philosophie et la Comédie, nous en rapportant au reste, pour leur indication définitive, à des artistes aussi distingués que MM. Seurre et Visconti [1].

Nous approuvons sans réserve le choix de l'emplacement de cette fontaine monumentale. En face de la maison où mourut Molière, non loin de celle où il naquit et de celles où il demeura, dans le voisinage du lieu où était situé le théâtre sur lequel il exerçait sa profession et faisait jouer ses chefs-d'œuvre, et près de celui où ils sont encore représentés chaque jour, ce monument va s'élever dans des lieux tout pleins des souvenirs du grand homme auquel il sera consacré. Bien placé sous le rapport des convenances, à l'angle des rues Traversière et Richelieu, il le sera non moins bien au point de vue de l'art, puisqu'il sera loisible de le contempler à proximité, à distance et sous ses diverses faces [2].

1. M. Pradier a été chargé depuis de l'exécution de ces deux statues.

2. Ce monument ainsi placé ne laissera à désirer qu'une chose : d'être assis sur un emplacement plus large, et d'avancer un peu moins sur la rue du Hasard, qu'il masque en

D'après le projet, la statue principale doit être en marbre, et les deux autres statues accessoires en pierre tendre. La commission des beaux-arts a pensé qu'il fallait aussi faire usage de marbre pour ces deux dernières. Votre commission, Messieurs, a été plus loin; elle a cru prévenir votre désir, en émettant le vœu qu'il soit fait emploi de bronze pour toutes les statues; de bronze, non pas seulement parce que la matière en est plus durable et plus à l'abri des outrages, si des outrages pouvaient encore s'attaquer à Molière! mais parce qu'elle est plus magnifique et plus digne de son génie ; de bronze, disons-nous, et puisse celui de la statue principale, à l'instar des anciennes statues romaines, être revêtu d'or ! C'est à la souscription à décider cette question de la matière à employer; nous l'avons donc réservée, dans l'espoir qu'elle sera tranchée de la seule manière qui puisse convenir à Paris et à la France.

Par l'effet de cette réserve, la dépense actuelle sera réduite à moins de 110,000 fr.

Les fonds dès à présent disponibles pour y faire face, s'élèvent à 81,000 fr., savoir :

41,000 fr. déjà votés par le Conseil municipal pour la reconstruction de la fontaine ;

Et 40,000 fr., première somme provenant de la souscription, mise à la disposition de M. le Préfet par M. Védel, vice-président de la commission du monument de Molière et directeur du Théâtre-Français.

Votre commission, d'accord avec M. le Préfet, vous propose d'inscrire la ville de Paris sur la liste des souscripteurs pour une somme de 30,000 fr.

Le total des voies et moyens monterait ainsi, dès à présent, à 111,000 fr., et permettrait que les travaux fussent commencés sans délai.

partie, et sur la rue Richelieu, dont il dépasse l'alignement. Pour obvier à ces deux inconvénients, il conviendrait d'acheter la maison à laquelle il doit s'appuyer, et de la démolir; une partie du terrain lui serait consacrée ; le reste pourrait être revendu avec des conditions de construction, suivant les convenances du monument, qui serait ainsi tout à fait digne de sa destination.

Nous émettons à cet égard un vœu formel qui sera entendu de M. le Préfet.

Ce magistrat pense que ces travaux ne doivent pas être soumis à la forme ordinaire de l'adjudication. C'est aussi notre avis ; ils sont trop importants et d'une nature trop relevée pour être exposés à de pareils hasards.

La ville de Paris, en s'honorant de tout ce qu'il y a de parisien dans Molière, n'a pas la puérile ambition de revendiquer sa gloire pour elle seule. Elle en conclut seulement qu'à elle seule est réservé le droit de payer la plus forte part dans ce tribut que le pays tout entier veut solder. Une gloire telle que celle de Molière appartient, comme son génie et comme le monument qu'on lui élève, à la France et au monde ; la ville de Paris est heureuse et fière de le proclamer.

VI.

PRÉFECTURE DE LA SEINE.

EXTRAIT

Des registres des procès-verbaux des séances du Conseil Municipal de la ville de Paris.

SÉANCE DU 21 JUIN 1839.

Présents : MM. AUBÉ, BEAU, BESSON, BOULAY DE LA MEURTHE, BOUVATTIER, COTTIER, FERRON, GALIS, GATTEAUX, GRILLON, HÉRARD, HUSSON, JOUET, LAHURE, LAMBERT SAINTE-CROIX, LANQUETIN, LEGROS, LEHON, MICHAU, MOREAU, ORFILA, PÉRIER, PERRET, PRESCHEZ, SAY, TERNAUX ET THAYER.

FONTAINE MOLIÈRE.

Le Conseil,

Vu le mémoire en date du 30 mai 1839, par lequel, prenant en considération le vœu émis par un comité de souscripteurs, M. le Préfet de la Seine propose de convertir la fontaine à reconstruire à l'angle des rues Traversière et Richelieu, en un monument dédié à Molière, d'adopter le projet présenté et de pourvoir à son exécution au moyen de traités passés avec des entrepreneurs connus ;

Vu les plans et modèle ;

Vu les devis, détail estimatif, soumissions de divers, et autres pièces faisant monter la dépense de son exécution,

Savoir :

Pour maçonnerie, à	57,000 fr.
Pour sculpture d'ornement, à	7,200
Pour le marbre de la statue de Molière, à	10,953
Pour la sculpture des statues, à	33,000
Pour le socle en marbre, à	2,000
Pour travaux divers, honoraires de l'architecte et dépenses imprévues, à	11,975
Pour fontainerie, à	9,000
Total	131,128 fr.

Vu un nouveau devis du surcroît de dépense qui résulterait de l'emploi du marbre substitué à la pierre comme matière des deux statues accessoires, conformément à l'avis de la commission des beaux-arts, faisant monter ce surcroît à . . . . . . 18,880 fr.

Ce qui porterait la dépense totale à . . . . 150,008 fr.

Vu, touchant les voies et moyens,

1° La délibération du Conseil municipal du 16 août 1837, qui, premièrement, maintient le crédit porté au budget de 1838, pour reconstruction de la fontaine de la rue Traversière, montant à . . . . 36,000 fr.

Secondement, stipule que la somme de 5,000 fr., destinée à l'exécution d'une statue, sera imputée sur le fonds affecté aux beaux-arts, ci . . . . 5,000 fr.

2° Une lettre de M. Védel, vice-président de la commission de souscription du monument de Molière, en date du 15 décembre 1838, par laquelle il met à la disposition de M. le Préfet de la Seine une première somme de 40,000 fr., provenant de ladite souscription, ci . . . . 40,000 fr.

Ce qui porte dès à présent la somme disponible pour l'exécution du monument, à . . . . 81,000 fr.

En ce qui touche ce monument,

Considérant que les plans et modèle qui ont été présentés par MM. Visconti, architecte, et Seurre aîné, statuaire, ont déjà reçu le suffrage de la commission des beaux-arts, et qu'il y a lieu de les approuver, sauf toutefois les modifications suivantes :

1° Il convient que les deux statues accessoires, destinées à représenter la Comédie sous ses deux caractères, sérieux et gai, soient remplacées par deux autres figures allégoriques, telles, par exemple, que la Philosophie et la Comédie ;

2° Il est à souhaiter qu'à l'emploi du marbre, pour la statue de Molière, et de la pierre, pour les deux statues accessoires, puisse être substitué celui d'une matière plus durable et plus magnifique, telle que le bronze, si la souscription, qui est toujours ouverte, suffit, comme on est fondé à l'espérer, au surcroît de dépenses qui en résultera, auquel cas il est nécessaire que cette question de la matière à employer soit réservée pour être résosolue dans un temps qui ne peut pas être éloigné ;

Considérant qu'il y a lieu d'approuver notamment le choix de l'emplacement du monument, qui, tout en permettant qu'il soit aperçu à distance, à proximité et sous ses diverses faces, est situé non loin de la maison où naquit Molière et de celles où il demeura, en face de celle où il mourut, dans le voisinage du lieu où s'élevait le théâtre sur lequel il exerça son art et fit jouer ses chefs-d'œuvre, et près de celui où ils sont encore représentés chaque jour ;

En ce qui est relatif à la dépense :

Considérant qu'étant réservée la question de la matière à employer pour l'œuvre du statuaire, il y a lieu de modifier les chiffres ci-dessus visés, d'en retrancher les sommes de 10,953 fr. et de 18,880 fr., pour fourniture de marbre, et de réduire celle de 33,000 fr., prix de la sculpture des statues, à 22,000 fr. qui suffiront pour payer les modèles en plâtre, lesquels doivent être faits à l'avance par le sculpteur, dans la grandeur de l'exécution, quelle que soit la matière dont il devra ultérieurement être fait usage, ce qui réduit la dépense actuelle à 109,175 fr.

En ce qui touche les voies et moyens,

Considérant qu'ils se composent déjà de 81,000 fr., suivant le détail ci-dessus, parmi lesquels figurent les fonds provenant de la souscription, dont il y a lieu d'autoriser le versement à la Caisse municipale ;

Considérant, en ce qui concerne la part que la ville de Paris est appelée à prendre dans la souscription du monument de Molière, que ce grand homme, dont les arts n'ont pas encore suffisamment honoré la mémoire, est né à Paris, qu'il y a fait ses études, qu'il y a passé presque toute sa vie, qu'il y a exercé sa profession, qu'il y a écrit ses chefs-d'œuvre, qu'il y est mort, et qu'en un mot il n'y a pas un des rayons de sa gloire qui ne brille sur sa ville natale ;

Que, lorsqu'il est question de lui élever un monument digne de cette gloire, Paris qui déjà y a contribué par les souscriptions particulières des chefs et des employés de son administration, de ses conseillers municipaux, d'un grand nombre de ses habitants, et notamment des sociétaires de la Comédie-Française, et, à leur exemple, des artistes des autres théâtres de la capitale, Paris, disons-nous, ne veut pas, en tant que commune, rester étranger à cette œuvre ;

Considérant que la souscription de Paris, jointe aux 81,000 fr. déjà disponibles, permet de commencer, dès à présent, les travaux ;

Considérant, en ce qui touche le mode d'exécution de ces travaux, qu'ils ne sont pas de nature à être soumis à une adjudication, et qu'il convient qu'il y soit pourvu au moyen de traités passés avec des entrepreneurs connus ;

Délibère :

1° Le projet de fontaine monumentale dédiée à Molière, à ériger à l'angle des rues Richelieu et Traversière Saint-Honoré, est approuvé, sauf les modifications ci-dessus indiquées.

2° Le Conseil se réserve de délibérer ultérieurement sur la matière qui devra être employée pour les statues.

3° Il autorise le versement à la Caisse municipale des fonds provenant de la souscription, pour être employés, concurremment avec l'allocation municipale, à l'exécution du monument.

4° Indépendamment des crédits ci-dessus rappelés, la ville de Paris souscrit pour trente mille francs audit monument ; cette somme sera imputée sur les fonds libres de 1839.

5° Le Conseil invite M. le Préfet à faire toutes les diligences nécessaires pour commencer les travaux le plus tôt possible.

6° Ces travaux ne seront pas soumis à l'adjudication ; il en sera traité avec des entrepreneurs connus.

Signé au registre : BESSON, président, etc.
LANQUETIN, secrétaire.

Pour extrait conforme :

Le maître des requêtes, secrétaire général,
L. DE JUSSIEU.

VII.

PRÉFECTURE DE LA SEINE.

EXTRAIT

Des registres des procès-verbaux des séances du Conseil Municipal de la ville de Paris.

SÉANCE DU 17 JANVIER 1840.

Présents : MM. Arago, Aubé, Beau, Boulay de la Meurthe, Bouvattier, Cochin, Cottier, Ferron, Galis, Ganneron, Gatteaux, Grillon, Hérard, Husson, Jouet, Lafaulotte, Lahure, Lambert Sainte-Croix, Lanquetin, Lavocat, Legros, Lehon, Marcellot, Michau, Moreau, Orfila, Périer, Preschez, Perret, Sanson Davillier, Say, Ternaux et Thayer. [1]

MONUMENT DE MOLIÈRE.

ACQUISITION D'UNE MAISON SISE RUE RICHELIEU, N° 41.

Le Conseil,

Vu le mémoire de M. le Préfet de la Seine, en date du 10 janvier 1840, par lequel, après avoir rendu compte 1° de l'approbation donnée par M. le Ministre de l'Intérieur au projet de construction de la fontaine Molière, à la condition de l'acquisition de la maison voisine; 2° de cette acquisition opérée par la commission des souscripteurs, moyennant cent cinquante mille francs; 3° de la lettre par laquelle M. le Ministre de l'Intérieur déclare

1. La commission était composée de MM. de Cambacérès, Hérard, Grillon, Ternaux Boulay de la Meurthe, rapporteur, et Gatteaux, adjoint.

être dans l'intention de proposer aux chambres le vote d'un crédit de 100,000 fr., pour concourir aux frais du monument ; 4° enfin de l'estimation de ladite maison, montant à 149,800 fr.: il propose d'approuver l'acquisition de cette maison, moyennant le prix principal de 150,000 fr. non compris les frais[1]; d'accepter, au compte de la Ville, l'éventualité de l'excédant de dépense qui en résultera, déduction faite d'une subvention de l'État de 100,000 fr., et se réserve de soumettre ultérieurement au Conseil l'imputation de cet excédant ;

Vu la décision de M. le Ministre de l'Intérieur qui, conformément à un avis du Conseil des Bâtiments civils du 19 août 1839, approuve le projet de monument dédié à Molière, et déclare qu'il est nécessaire d'acquérir la maison sur laquelle on avait le projet d'adosser le monument, « afin, d'une part, de gagner plus d'es-« pace, et de l'autre, d'obtenir le moyen, en bâtissant sur le ter-« rain qui restera libre, d'harmoniser les nouvelles constructions « avec les détails du monument ; d'éviter ainsi la maigreur des « faces latérales, et d'augmenter l'effet général ; »

Vu l'acte de vente sous seing-privé de la maison, rue Richelieu, n° 41, en date du 11 décembre 1839, faite par le sieur Hurbain, au prix de 150,000 fr., non compris les frais ; ladite vente devant être résolue de plein droit, moyennant une indemnité de trois mille francs à payer au vendeur, si, d'ici au 1er mars prochain, cette maison n'est pas acquise par la ville de Paris ;

Vu la lettre de M. le Ministre de l'Intérieur à M. le Préfet de la Seine, en date du 4 décembre 1839, dans laquelle, après avoir donné une nouvelle approbation à l'avis du Conseil des Bâtiments civils, et fait ressortir de plus en plus la nécessité de l'acquisition de la maison sise rue Richelieu, n° 41, il exprime le regret que l'exiguité des crédits des beaux-arts ne lui permette pas d'en distraire une somme de quelque importance, et annonce l'intention de demander aux Chambres une somme de 100,000 fr., pour faire contribuer l'État à l'érection du monument, à condition que la Ville, consentant à faire de nouveaux sacrifices, fasse dès à pré-

1. Les frais, tout compris, ont monté à 14,285 fr. 26 c.

sent l'acquisition de ladite maison, sauf à insérer dans le contrat telle clause résolutoire qui serait jugée convenable ;

Vu la lettre de M. Védel, vice-président de la commission du monument de Molière, en date du 26 décembre 1839, par laquelle il demande à M. le Préfet « de vouloir bien solliciter du Conseil mu-« nicipal de la ville de Paris qu'il se mette au lieu et place de ladite « commission, comme acquéreur de la maison rue Richelieu ; »

Vu le rapport estimatif sur ladite maison, avec plans à l'appui, fait par M. Visconti, architecte, en date du 10 janvier 1840, portant la valeur de cette propriété à la somme de 149,800 francs ;

Considérant que le monument de Molière deviendra plus digne de sa destination si, selon que l'a proposé M. le Ministre de l'Intérieur, d'après l'avis du Conseil des Bâtiments civils, il est fait acquisition par la ville de Paris de la maison sise rue Richelieu, n° 41 ;

Considérant que, quelque importants que soient les sacrifices que la Ville s'est déjà imposés, ou qui pourront encore retomber à sa charge, soit pour l'acquisition du terrain, soit pour l'érection du monument, néanmoins il y a lieu d'accéder à la proposition de M. le Ministre de l'Intérieur, par laquelle il s'engage à demander aux Chambres de faire contribuer l'État pour une somme de 100,000 fr., pourvu que la Ville de Paris, consentant de nouveaux sacrifices, fasse l'acquisition de la maison sise rue Richelieu, n° 41, sauf à insérer dans le contrat telle clause résolutoire qui serait jugée convenable ;

Considérant qu'il est d'autant plus à propos d'accueillir la proposition de M. le Ministre de l'Intérieur, quels que soient les nouveaux sacrifices qui doivent en résulter pour Paris, que la coopération de l'État à l'érection du monument de Molière rentre tout à fait dans les vues de la Ville et des souscripteurs, puisque rien n'est plus propre que cette coopération à honorer la mémoire de ce grand homme, dont le génie et la gloire appartiennent non-seulement à sa ville natale, mais à la France entière ;

Considérant que l'acquisition de cette maison par la commission du monument de Molière, au prix de 150,000 fr., non compris les frais, dans l'espérance que, d'ici au 1er mars prochain, elle serait achetée par la Ville de Paris, et à condition, en cas de non-réalisation de cet achat, de la résolution de plein droit de la vente et d'une indemnité de 3,000 fr., est de nature à être approuvée, et qu'il convient en conséquence, ainsi que l'a demandé ladite commission, de mettre la Ville en son lieu et place comme acquéreur de ladite maison ;

Délibère :

1° Il y a lieu d'accueillir la proposition de M. le Ministre de l'Intérieur, telle qu'elle résulte de sa lettre ci-dessus visée, et consistant dans l'offre de demander cent mille francs aux Chambres, pour faire contribuer l'État à l'érection du monument de Molière, à condition que la Ville fasse dès à présent l'acquisition de la maison sise rue Richelieu, n° 41, sauf à insérer dans le contrat telle clause résolutoire qui serait jugée convenable.

2° Il y a lieu d'approuver l'acte de vente sous seing privé, en date du 11 décembre 1839, de la maison située à Paris, rue Richelieu, n° 41, et rue Traversière Saint-Honoré, n° 46, et formant l'angle de ces deux rues, telle qu'elle a été faite par le sieur Hurbain, et aux prix et conditions convenus dans ledit acte ;

3° L'acquisition de ladite maison n'est que conditionnelle, et ne deviendra définitive qu'autant que les Chambres voteraient, sur la proposition de M. le Ministre de l'Intérieur, une somme de cent mille francs pour contribuer à l'érection du monument de Molière.

4° En conséquence, M. le Préfet de la Seine est autorisé à acquérir, au nom de la Ville de Paris, la maison sise rue Richelieu, n° 41, ainsi qu'il vient d'être dit.

5° Le Conseil municipal se réserve de délibérer ultérieurement, sur la proposition de M. le Préfet, touchant l'imputation des fonds qui devront servir au paiement de cette acquisition.

Signé au registre, H. GANNERON, vice-président,
PRESCHEZ, secrétaire.

Pour extrait conforme,

Pour le maître des requêtes secrétaire général, et par autorisation.
Le chef du secrétariat général,
VARCOLLIER.

VIII.

CHAMBRE DES DÉPUTÉS.

SESSION 1840.

EXPOSÉ DES MOTIFS

ET PROJET DE LOI

Tendant à ouvrir au Ministre de l'Intérieur, sur l'exercice 1840, un crédit extraordinaire de cent mille francs, pour concourir à l'érection du monument de Molière,

PRÉSENTÉS

PAR M. LE MINISTRE DE L'INTÉRIEUR.

SÉANCE DU 22 JANVIER 1840.

Messieurs,

Tous les amis de notre gloire littéraire ont applaudi à l'idée d'élever dans la capitale un monument à la mémoire de Molière. Ce projet, déjà conçu à diverses époques, semblait ne devoir plus se réaliser, lorsqu'il y a deux ans quelques admirateurs de ce grand génie ouvrirent une souscription et parvinrent, grâce au concours de l'administration municipale de la ville de Paris, à réunir les fonds nécessaires pour ériger le monument. Les plans étaient arrêtés, on allait se mettre à l'œuvre, lorsqu'il se présenta des obstacles qu'on ne pouvait surmonter qu'aux prix de nouveaux sacrifices. Vainement les auteurs du projet ont-ils redoublé d'efforts, ils ont reconnu que les ressources qu'ils pouvaient encore recueillir ne seraient pas suffisantes, et qu'il fallait renoncer à l'exécution du monument, à moins que l'État ne leur prêtât son secours.

Nous aurions cru, Messieurs, mal interpréter vos vœux en restant sourds à un tel appel, et nous n'avons pas hésité à vous proposer d'y répondre. Tel est le but du projet de loi que le Roi nous a autorisé à vous présenter.

Le monument qu'il s'agit de construire doit être élevé dans la rue Richelieu, en face de la maison où Molière est mort, et non loin du théâtre qui est aujourd'hui le dépositaire de ses chefs-d'œuvre. Cet emplacement, que cette double circonstance désignait naturellement, et qu'on ne pouvait d'ailleurs changer, puisqu'il est une des conditions à la plupart des souscriptions, présentait, pour la construction du monument, une assez grande difficulté. Le pignon de la maison contre laquelle il fallait s'adosser est à la fois très-élevé, très-étroit, et destiné à être encore rétréci d'environ deux mètres par l'alignement futur de la rue Richelieu.

Construire le monument en reculant de deux mètres, c'eût été lui donner les plus fausses proportions, puisque sa hauteur serait devenue tout à fait démesurée pour sa largeur. Aussi s'était-on décidé à ne tenir aucun compte de l'alignement et à donner au monument toute la largeur actuelle du pignon.

Mais le conseil des bâtiments civils, auquel les plans furent soumis, s'opposa sagement à cette infraction des règlements de voirie, non-seulement parce qu'il importe que les alignements soient respectés, aussi bien pour les monuments que pour les habitations particulières, mais parce que, dans l'avenir, une fois la maison démolie et reconstruite à deux mètres en arrière, rien ne devait être plus disgracieux que ce monument faisant saillie sur la voie publique. Le conseil des bâtiments civils, d'un autre côté, demanda que les proportions du plan qui lui était soumis ne fussent pas altérées et qu'il ne fût rien retranché à la largeur du monument, sous peine d'en détruire l'harmonie et d'en rendre l'aspect ridicule : le problème paraissait donc insoluble ; car, d'une part, en vertu de l'alignement, on défendait à l'architecte d'élargir son monument ; d'autre part, au nom de l'État, on ne lui permettait pas de le rétrécir.

Il existe pourtant un moyen de résoudre cette difficulté. Ce moyen, c'est de démolir la maison et de profiter de son emplacement pour construire le monument à quelques mètres plus loin, dans la partie du terrain qui va en s'élargissant. Ce changement n'aurait pas seulement l'avantage de laisser au monument la largeur que réclame la justesse des proportions ; il permettrait de lui donner plus de profondeur, et au lieu d'un simple placage, d'en faire une construction dont les faces latérales rappelleraient le profil et tous les caractères distinctifs de la façade principale.

Ainsi la démolition de cette maison, qui seule doit rendre possible l'exécution du monument, aurait en même temps pour résultat de le faire construire dans des conditions infiniment meilleures sous le rapport de l'art.

Mais cette maison, quoiqu'elle occupe un terrain de peu d'étendue, n'en a pas moins, à cause de sa position, une valeur considérable. L'occasion de l'acquérir s'est présentée, et le conseil municipal de la ville de Paris s'en est rendu propriétaire ; mais cette acquisition absorbera la plus grande partie des fonds destinés à la construction du monument. Il faut donc réunir de nouveaux fonds pour le monument lui-même. On peut, il est vrai, compter sur le produit de représentations théâtrales pour lesquelles nos principaux artistes dramatiques ont promis le concours de leur talent. On peut également espérer que les souscriptions particulières ne sont pas encore complétement taries ; mais toutes ces ressources réunies sont bien loin d'égaler les sommes auxquelles il est nécessaire de pourvoir.

Faudra-t-il donc que cette pensée que tout le monde approuve, à laquelle tout le monde semble s'associer, demeure encore une fois stérile ? Faudra-t-il que, lorsque chez nos voisins la gloire des Shakspeare et des Walter Scott a fait élever, comme à l'envi, de si nombreux mausolées, de si dispendieuses constructions, nous voyions notre plus grand génie dramatique attendre vainement dans sa ville natale un témoignage public et durable de notre admiration.

Non, Messieurs, vous ne le voudriez pas, lors même qu'il devrait en coûter un plus important sacrifice.

Une somme de 100,000 francs suffira pour assurer l'achèvement du monument, et cette somme accordée par l'État donnera à l'hommage rendu à Molière un caractère national qui en rehaussera l'éclat.

Vous n'aurez à voter qu'une somme déterminée, et qui, dans aucun cas, ne peut être destinée à s'accroître.

Nous n'insisterons pas plus longtemps, Messieurs, sur les motifs qui recommandent ce projet de loi à votre approbation. Il suffisait de vous les indiquer ; vous les avez tous présents à la pensée. Ce n'est pas dans cette chambre que le grand nom de Molière peut redouter une froide indifférence. Vous êtes les gardiens des richesses du pays, mais vous n'oublierez pas que, parmi ces richesses, il est des trésors dont la France est avant tout jalouse, et qu'elle nous demande de ne pas laisser périr ; ces trésors, c'est sa gloire intellectuelle, c'est sa reconnaissance envers le génie.

PROJET DE LOI.

LOUIS-PHILIPPE, Roi des Français,

A tous présents et à venir salut.

Nous avons ordonné et ordonnons que le projet de loi dont la teneur suit soit présenté, en notre nom, à la Chambre des Députés, par notre Ministre secrétaire d'État de l'Intérieur, que nous chargeons d'en exposer les motifs et d'en soutenir la discussion.

Article Ier.

Il est ouvert au Ministre de l'Intérieur, sur l'exercice 1840, un crédit extraordinaire de 100,000 fr., pour concourir à l'érection du monument de Molière.

Art. II.

Il sera pourvu à la dépense autorisée par la présente loi au moyen des ressources affectées à l'exercice 1840, par la loi du 10 août 1839.

Fait au Palais des Tuileries, le 22 janvier 1840.

Signé LOUIS-PHILIPPE.

Par le Roi :

Le Ministre secrétaire d'État de l'Intérieur,

Signé T. Duchatel.

IX.

CHAMBRE DES DÉPUTÉS.

SESSION 1840.

RAPPORT

Fait au nom de la Commission [1] chargée d'examiner le projet de loi tendant à ouvrir au Ministre de l'Intérieur un crédit extraordinaire de cent mille francs, pour concourir à l'érection du monument de Molière,

PAR M. VITET,

DÉPUTÉ DE LA SEINE-INFÉRIEURE.

SÉANCE DU 1er FÉVRIER 1840.

Messieurs,

Le projet de loi dont vous nous avez confié l'examen a pour but d'honorer un nom dont la France est si fière ; c'est un hommage si juste et si tardif offert à un génie si puissant et si rare, que votre approbation lui semble, en quelque sorte, assurée. Nous n'avons pas cru, toutefois, que ce fût pour nous un motif d'apporter moins de sévérité dans l'accomplissement de notre mandat. Nous avons cherché à oublier le but, pour ne voir que les moyens destinés à l'atteindre ; nous sommes allés au-devant des objections

1. Cette commission était composée de MM. Taschereau, Berger, le marquis de La Rochefoucault (Liancourt), Bertin de Vaux, Vitet, Monier de la Sizeranne, Terrebasse, Liadières et Galis.

qui pouvaient être soulevées, et ce n'est qu'après nous être convaincus que vous pouviez, à bon droit et sans danger, écouter vos sympathies et céder au vœu de tous les amis de notre gloire littéraire, que nous venons vous proposer d'allouer le crédit qu'on réclame de vous.

Quelques personnes, tout en reconnaissant qu'il importe de consacrer des monuments à la mémoire des grands hommes, se demandent s'il convient que l'État prenne part à l'érection de ces monuments. Il leur semble que c'est aux villes que ces hommes ont illustrées, soit en y voyant le jour, soit en y passant leur vie, qu'il appartient exclusivement d'accomplir ce pieux devoir ; et ce n'est tout au plus que lorsqu'il est justifié qu'une localité trop pauvre est dans l'impuissance d'acquitter cette dette, que l'intervention de l'État leur paraît admissible.

Sans doute, il est des circonstances où le concours de l'État, non-seulement ne serait pas nécessaire, mais deviendrait excessif et donnerait aux témoignages de la reconnaissance publique trop de solennité; il est des illustrations toutes locales, des hommes bienfaiteurs d'une contrée, d'une ville, qui ne doivent être honorés, pour ainsi dire, qu'en famille. Mais lorsque le mérite s'élève à une certaine hauteur, lorsque les services rendus s'étendent à la généralité des citoyens, et par-dessus tout lorsqu'il s'agit d'un de ces génies qui sont la gloire, non d'une localité, non d'une nation, mais de l'esprit humain lui-même, qui pourrait demander que les honneurs qu'on lui rend ne fussent qu'une affaire purement municipale? Un tel hommage n'aurait-il pas quelque chose d'incomplet, et l'État ne manquerait-il pas à sa mission en négligeant de revendiquer le droit d'apporter son tribut au nom de la société? La question n'est donc pas de savoir si telle ville est assez riche pour glorifier son grand homme, mais si cet homme est assez grand pour mériter autre chose que les seuls honneurs de sa ville, et si la munificence de l'État ne lui est pas due en quelque sorte comme le complément nécessaire de l'hommage qui lui est décerné.

Hâtons-nous de constater, Messieurs, que les faits sont, en tous points, d'accord avec ces principes.

Il résulte des renseignements qui nous ont été donnés au ministère de l'Intérieur, que, depuis dix ans, on n'a pas élevé sur le sol de la France une statue, un buste, une pierre sépulcrale en mémoire d'un homme dont la célébrité eût un véritable éclat, sans que l'État ait contribué à la dépense. Ses dons n'ont pas toujours été considérables ; mais toujours il s'est fait un devoir, il a tenu pour ainsi dire à honneur de prêter son concours, soit qu'en accordant des subventions de 8 ou 10,000 fr. il contribuât efficacement à l'érection du monument et pourvût à l'insuffisance des fonds recueillis pour le construire, soit qu'en bornant son offrande à des sommes beaucoup plus faibles, il ne cherchât, en quelque sorte, qu'à s'associer moralement à ces témoignages d'admiration, et à en rehausser le prix.

Ainsi, Messieurs, ce qu'on vous demande aujourd'hui n'est autre chose que ce qui s'est pratiqué constamment jusqu'ici. Ce n'est point une innovation, ce n'est point un premier pas dans une voie dangereuse, c'est la règle commune. Seulement on s'adresse à vous par une loi spéciale, parce qu'il s'agit d'une somme trop importante pour la prélever sur le crédit ordinaire du budget. C'est là seulement qu'est l'exception ; et certes, quand elle s'applique à celui qui est lui-même une exception parmi les hommes de génie, nous ne saurions redouter que cet exemple ait jamais de dangereuses conséquences.

Maintenant, puisque nous reconnaissons que l'intervention de l'État, en pareille matière, est non-seulement légitime, mais désirable, permettez-nous d'appeler votre attention sur le monument lui-même dont le projet vous est soumis.

Près d'un siècle s'écoula après la mort de Molière, sans que l'idée vînt à personne de lui décerner d'autres hommages que les applaudissements qui ne cessaient d'accueillir ses chefs-d'œuvre. Cependant l'Académie Française, s'apercevant la première de cet oubli, mit son éloge au concours en 1769, et, quelques années plus tard, en 1778, inaugura son buste dans la salle de ses séances. Depuis lors on vit encore un autre buste de Molière placé dans le foyer de la Comédie-Française, mais en si grande compagnie, qu'il était là plutôt pour donner de l'honneur que pour en recevoir. La pensée vint enfin de ne plus se contenter de ces hommages à huis clos et de tenter, pour cet homme sans modèle et sans rivaux, une heureuse innovation. C'est il y a plus de vingt ans, en 1818, qu'un journal proposa pour la première fois d'ouvrir une souscription pour élever un monument public à Molière. Cet appel fut sans résultat : on le renouvela en 1829, puis en 1836, et toujours inutilement. C'est qu'en effet il ne suffit pas, pour faire réussir un pareil projet, d'en démontrer la convenance d'une manière générale ; il faut qu'il survienne une circonstance qui lui donne un caractère d'urgence et d'à-propos, et qui fasse cesser toute hésitation sur une des causes les plus ordinaires d'attermoiement, le choix d'un emplacement.

Cette circonstance n'allait pas tarder à se présenter : une fontaine, ou plutôt un réservoir destiné à la distribution des eaux dans le quartier du Palais-Royal, se trouvait placée à l'angle de la rue Richelieu et de la rue Traversière, dans un point où la circulation est très-active, et où cet angle si aigu occasionnait de fréquents accidents. Par mesure de voirie, la maison contre laquelle était adossé le réservoir fut acquise et démolie, et, sur le terrain laissé vide, une fontaine nouvelle allait être reconstruite, lorsqu'on vient à se rappeler qu'en face de ce terrain sont les fenêtres de la maison où, le 17 février 1673, l'auteur du *Malade imaginaire* fut rapporté mourant, où il rendit le dernier soupir, où se conservent encore quelques débris de peintures et de vieux lambris qui l'ont vu écrire ses chefs-d'œuvre ; on se souvient que c'est devant cette porte que son cercueil fut insulté et couvert de boue ; n'est-ce donc pas là qu'il convient de lui élever un monument ? N'est-ce pas une occasion, peut-être unique, de lui offrir à la fois un hommage et une réparation ? De ce jour, ce projet, si souvent essayé, cessait d'être une idée vague et abstraite ; il prenait un corps, une réalité ; il pouvait être poursuivi avec persévérance, et, malgré bien des obstacles, il devait, grâce au zèle des souscripteurs et à l'appui de l'autorité municipale, se présenter enfin à votre sanction.

On ne saurait méconnaître que cet emplacement offrait quelques difficultés pour la construction du monument, et que la dépense devait, jusqu'à un certain point, en recevoir quelque augmentation; mais il n'en est pas moins vrai qu'aucun autre local ne pouvait lui être comparé. Sans doute, il est à Paris quelques places publiques, dans quelques quartiers nouveaux, où une statue de Molière pourrait faire bon effet; mais ce ne serait plus à Molière que la statue serait consacrée, ce serait à l'embellissement de cette place. Toute autre statue jouerait aussi bien ce rôle. Il faut se garder de croire qu'un monument soit une chose banale, qu'on puisse à volonté planter dans tel ou tel lieu : quand vous avez le bonheur de rencontrer une place où il s'élève, pour ainsi dire, tout naturellement, où il a un sens, où il parle au souvenir et à l'imagination, ne vous avisez pas d'aller chercher ailleurs. Qu'importe que ce soit un carrefour plutôt qu'une place publique? Qu'importe que le quartier soit populeux, que la foule se presse à l'entour de votre monument? Ce serait une façon singulière d'honorer nos grands hommes que de les déporter dans une solitude. Si nous leur élevons des statues, n'est-ce pas pour les exposer aux regards, et les spectateurs seront-ils jamais trop nombreux?

Nous n'hésiterions donc pas à approuver le choix de l'emplacement, lors même que la question sur ce point serait encore entière. Mais il suffit de rappeler que la plupart des propriétaires voisins ont fait le sacrifice de sommes assez considérables, et qu'un grand nombre de personnes n'ont pris part à la souscription qu'en vue du local qui leur était désigné, pour qu'on reconnaisse qu'à moins de soulever les plus sérieuses difficultés, il est presque impossible de ramener aujourd'hui la discussion sur ce point.

Il nous reste à vous dire quelques mots du projet de monument à l'érection duquel on vous propose de concourir. Ce projet est une heureuse variante d'un premier plan dont nous nous félicitons que l'exécution ait été interdite, non-seulement parce qu'on n'y tenait aucun compte de l'alignement futur de la rue Richelieu, et que cet empiétement sur la voie publique eût produit dans l'avenir le plus déplorable effet, mais parce que, dès aujourd'hui, rien n'eût été moins agréable aux yeux que ce placage sans épaisseur adossé purement et simplement à une vieille maison de la construction la plus grossière.

Le deuxième projet, qui, à la vérité, coûte environ 130,000 fr. de plus que le premier, ne laisse subsister aucun de ces défauts. Ce n'est plus seulement une décoration appliquée contre une muraille, c'est un monument dont les faces latérales ont aussi leur importance et s'harmonisent complétement avec son front principal. D'heureuses modifications ont aussi été introduites dans la partie décorée de cette façade. La niche devant laquelle était placée la statue de Molière a été supprimée; le soubassement n'est plus arrondi, mais à pans coupés, ce qui lui donne un caractère plus ferme et plus arrêté. En somme, c'est un projet conçu avec esprit, et étudié avec un grand soin. L'artiste a évidemment cherché à s'inspirer des œuvres les plus élégantes de l'architecture en usage vers l'époque qui suivit la mort de Molière. Ce fronton arrondi, ces colonnes corinthiennes richement fouillées, ces profils largement accentués, sont des souvenirs réveillés avec une heureuse intention. On pourra supposer, dans un siècle ou deux, que cette façade a été construite il y a cent cinquante ans. C'est assurément un bon procédé envers nos pères, lorsque nous réparons un de leurs oublis, que de rendre ainsi presque illisible la date du monument.

On n'a pas encore décidé en quelle matière sera sculptée la statue de Molière. Cette question ne nous a pas semblé pouvoir rester indécise. Tout le monde sait combien, dans notre climat, le marbre se détériore en plein air. Il est d'ailleurs trop fragile pour être toujours à l'abri d'un accident. Nous pensons donc que le marbre doit être écarté, et que l'emploi du bronze est seul admissible, non-seulement parce que le bronze est plus inaltérable, plus solide, mais parce qu'il donnera au monument plus d'importance et un caractère plus grave, plus convenable. Nous trouvons, dans un rapport fait au Conseil municipal par un de ses membres, le vœu que non-seulement la statue de Molière, mais aussi les deux statues qui accompagnent le soubassement, soient en bronze. Ce serait peut-être aller trop loin. Ces deux statues accessoires peuvent, sans inconvénient, n'être pas en métal; elles font partie de la décoration architectonique, elles doivent s'harmoniser et même se confondre avec elle. La statue principale se détachera d'autant mieux qu'elle seule, dans tout le monument, ne sera ni en pierre ni en marbre. Mais nous croyons devoir insister pour que, sur ce point du moins, notre vœu se réalise, et nous vous proposons, afin d'éviter toute méprise, d'en faire une des conditions de votre vote, et de l'insérer, par amendement, dans le texte du projet de loi.

Le devis fait monter la dépense totale à environ 330,000 fr. Une partie considérable de cette somme est déjà réalisée par les votes du Conseil municipal. En ajoutant à ces ressources le produit des souscriptions particulières, celui de représentations théâtrales qui doivent encore avoir lieu, et enfin la somme de 100,000 fr. qu'on vous demande d'accorder, l'exécution du projet est assurée. Cette somme de 100,000 fr. est une subvention destinée à concourir d'une manière générale à l'érection du monument; elle ne vous engage en aucune façon à parfaire telle ou telle partie des travaux : c'est une somme fixe qui, dans aucun cas, n'est susceptible de s'accroître, et qui ne sortira du Trésor public que lorsqu'il sera justifié que les ressources destinées à solder la totalité du monument se trouvent réalisées.

Après avoir soumis ces détails à la Chambre, notre tâche nous semble remplie. Nous ne croyons pas avoir besoin, Messieurs, d'insister auprès de vous pour vous demander de répondre à l'appel qui vous est fait. Les seules objections qui pouvaient exciter quelque doute nous semblent détruites par les indications que nous vous avons données, et rien ne doit plus s'opposer à ce que, obéissant à vos souvenirs et à ce culte que chacun de vous professe pour cet incomparable génie, vous rendiez digne de sa gloire le monument qu'on lui destine, en lui donnant, par votre vote, un caractère national.

PROJET DE LOI.

PROJET DE LOI *Présenté par le Gouvernement.*	PROJET DE LOI *Amendé par la Commission.*
ART. Ier.	ART. Ier.
Il est ouvert au Ministre de l'Intérieur, sur l'exercice 1840, un crédit extraordinaire de 100,000 f. pour concourir à l'érection du monument de Molière.	Il est ouvert au Ministre de l'Intérieur, sur l'exercice 1840, un crédit extraordinaire de 100,000 f. pour concourir à l'érection d'une statue en bronze et d'un monument en l'honneur de Molière.
ART. II.	ART. II.
Il sera pourvu à la dépense autorisée par la présente loi au moyen des ressources affectées à l'exercice 1840, par la loi du 10 août 1839.	Comme au projet.

X

MONITEUR DU 6 FÉVRIER 1840.

(*Extrait.*)

DISCUSSION

A LA CHAMBRE DES DÉPUTÉS.

SÉANCE DU 5 FÉVRIER 1840.

M. Auguis attaque le projet ; il rend hommage au génie de Molière ; mais il pense que si l'État alloue 100,000 fr. pour lui ériger un monument à Paris, il sera entraîné à donner aussi des fonds à toutes les villes qui viendront en demander pour les grands hommes nés ou morts dans leur sein. Le Ministre aurait dû prendre, sur le chiffre de 300,000 fr., affecté aux beaux-arts, une somme pour contribuer à l'érection de ce monument. Au reste, ce n'est pas dans un carrefour de la rue Richelieu, au lieu où Molière a rendu le dernier soupir, qu'il faut lui ériger un monument ; c'est au Panthéon. M. Auguis, en terminant, conjure la Chambre de rejetter les 100,000 fr. demandés.

M. le comte Jaubert. — « L'excellent rapport de votre com« mission me paraît avoir répondu d'avance au discours que vient « de prononcer M. Auguis. Quant à moi, je me garderai bien de « contester le tardif hommage qu'on propose de rendre à l'un « des plus beaux génies dont la France puisse s'honorer. Je m'as-

« socierai aussi avec le plus grand empressement à toutes les « propositions qui tendront à faire concourir l'État, dans de justes « proportions, aux embellissements de la capitale, qui sont une « partie intégrante de la gloire nationale. »

L'orateur prend texte de ces dernières paroles pour réclamer l'achèvement du Louvre. Il donne à son opinion des développements dans lesquels nous ne le suivrons pas, attendu qu'ils sont étrangers à notre sujet.

D'autres orateurs prennent ensuite la parole sur des objets également étrangers au monument de Molière.

La Chambre passe à la discussion des articles.

Elle adopte l'article premier avec l'amendement de la Commission consenti par le Ministre de l'Intérieur, et qui consiste à ajouter à l'érection du monument celle d'une statue en bronze de Molière.

L'article 2 est adopté.

On passe au scrutin. Nombre des votants, 283; majorité, 142. Boules blanches, 221 ; boules noires, 62. Le projet de loi est adopté.

XI.

CHAMBRE DES PAIRS.

PROJET DE LOI

Relatif à l'ouverture d'un crédit de 100,000 *fr., pour concourir à l'érection du monument de Molière, avec l'exposé des motifs par le Ministre de l'Intérieur.*

SÉANCE DU 19 FÉVRIER 1840.

LOUIS-PHILIPPE, ROI DES FRANÇAIS,

A tous présents et à venir, salut.

Nous avons ordonné et ordonnons que le projet de loi dont la teneur suit, adopté par la Chambre des Députés, dans sa séance du 5 février 1840, sera présenté, en notre nom, à la Chambre des Pairs par notre Ministre secrétaire d'État au département de l'Intérieur, que nous chargeons d'en exposer les motifs et d'en soutenir la discussion.

ARTICLE Ier.

Il est ouvert au Ministre de l'Intérieur, sur l'exercice 1840, un crédit extraordinaire de 100,000 fr., pour concourir à l'érection d'une statue en bronze et d'un monument en l'honneur de Molière.

ART. II.

Il sera pourvu à la dépense autorisée par la présente loi au moyen des ressources affectées à l'exercice 1840, par la loi du 10 août 1839.

Au palais des Tuileries, le 17 février 1840.

Signé : LOUIS-PHILIPPE,
Par le Roi.

Le Ministre secrétaire d'État de l'Intérieur,
Signé : T. DUCHATEL.

EXPOSÉ DES MOTIFS.

Messieurs,

Honorer le nom de Molière, c'est payer la dette du pays, qui lui doit une si grande gloire littéraire. Tel est l'objet du projet de loi voté par la Chambre des Députés, et que le Roi nous a ordonné de soumettre à vos délibérations.

La pensée d'élever un monument à cet immortel génie n'est pas nouvelle. Plusieurs fois, à diverses époques, des souscriptions ont été ouvertes pour la réaliser, mais toujours inutilement. Il fallait, pour accomplir ce vœu de tous les amis des lettres, une circonstance favorable qui fixât les esprits sur le choix d'un emplacement convenable. Cette circonstance s'est heureusement rencontrée.

Dans l'intérêt de la circulation publique, l'administration de la ville de Paris venait d'acheter et faisait démolir la maison située au point de jonction des rues Richelieu et Traversière. L'ancien réservoir établi à l'angle de ces deux rues allait être remplacé par une fontaine nouvelle adossée à la maison voisine. C'est alors qu'on s'est rappelé qu'en face de ce terrain se trouve l'habitation où Molière écrivit tant de chefs-d'œuvre, et où il fut rapporté expirant après la représentation du *Malade imaginaire*, et la pensée est venue de profiter de cette occasion, peut-être unique, de mettre un terme à un trop long oubli, et d'élever, par une juste réparation, la statue du grand poëte en face de cette porte où son cercueil fut insulté et couvert de boue.

Mais un obstacle imprévu vint tout arrêter et tout compromettre : le conseil des bâtiments civils, auquel les plans furent soumis, observa que le pignon déjà très étroit contre lequel il fallait s'adosser, devait encore être rétréci de deux mètres par l'alignement futur de la rue Richelieu ; qu'alors le monument aurait les plus fausses proportions ; que d'un autre côté, lui laisser la largeur actuelle du pignon, ce serait ne tenir aucun compte de l'alignement et violer les règlements de voirie qu'il importe de respecter pour les édifices publics comme pour les maisons particulières. Il refusa donc d'approuver les plans.

En présence de cette décision fort sage, il n'y avait plus qu'un parti à prendre ; c'était d'acheter la seconde maison, de la démolir et de profiter de son emplacement pour reculer le monument de quelques mètres sur le terrain qui va en s'élargissant. Ainsi on rendait son exécution possible en respectant l'alignement ; et en lui laissant sa largeur on satisfaisait aux conditions de l'art. On améliorait même la construction en lui donnant plus de profondeur, ce qui permettait d'établir des faces latérales en harmonie avec le caractère de la façade.

Le Conseil municipal n'a pas hésité devant cette nouvelle dépense. Mais elle a épuisé la plus grande partie des fonds que l'on avait réunis. Il est vrai que l'on peut compter encore sur le produit de quelques représentations théâtrales. Peut-être aussi des souscriptions particulières apporteront-elles encore quelques ressources. Cependant, si la munificence de l'État ne venait à son secours, cette pensée généreuse, qui a excité tant de sympathies, demeurerait encore une fois stérile. Encore une fois la France serait impuissante à donner un témoignage public et durable de son admiration à son plus grand génie dramatique, lorsque, chez nos voisins, la gloire des grands écrivains est consacrée par de nombreux mausolées, par les constructions les plus dispendieuses.

La Chambre des Députés a dignement répondu, Messieurs, à l'appel que nous avons fait à son patriotisme. Nous n'attendons pas moins du vôtre. Ce n'est pas dans cette Chambre, qui renferme tant d'illustrations et qui sait le prix des services rendus au pays, que nous craignons de rencontrer de l'indifférence pour le grand nom de Molière. Nous ne proposons pas une innovation : tous les ans, sur les crédits des beaux-arts, le Gouvernement alloue des sommes plus ou moins élevées aux villes des départements, pour les aider à élever des statues aux hommes qui les ont honorées. Si, en cette circonstance, il vous est demandé un crédit spécial, c'est à cause de l'insuffisance du budget ordinaire. Moyennant un sacrifice de 100,000 fr. qui ne pourra pas être dépassé, cet hommage au génie inimitable dont toute la France est si fière, recevra un caractère national qui le rendra plus éclatant.

XII.

CHAMBRE DES PAIRS.

RAPPORT

Fait au nom d'une Commission spéciale[1] *chargée de l'examen du projet de loi relatif à l'ouverture d'un crédit de* 100,000 *fr. pour concourir à l'érection du monument de Molière.*

PAR M. ÉTIENNE.

SÉANCE DU 28 FÉVRIER 1840.

Messieurs,

Le projet de loi sur lequel vous êtes appelés à délibérer vous demande un crédit de 100,000 fr. pour élever un monument à un des plus beaux génies dont s'honore la France. Les peuples anciens et les peuples modernes ont souvent érigé des statues à leurs grands hommes; c'est un honneur dont ils furent même quelquefois prodigues, et l'histoire n'a pas toujours ratifié les arrêts qu'avait portés l'enthousiasme des contemporains. Ici, nous n'avons pas une telle crainte à concevoir. Nous payons aujourd'hui la dette de deux siècles, à travers lesquels a toujours grandi la renommée d'un homme que toutes les nations nous

1. Cette commission était composée de MM. le comte de Bondy, Étienne, le vicomte d'Houdetot, Kératry, le comte de Rambuteau, le comte Philippe de Ségur, Viennet.

envient, qu'il n'a été donné à personne de surpasser ni même d'atteindre.

Ce n'est pas devant vous, Messieurs, que nous essaierons de justifier le tardif hommage que lui rend son pays Nous avons nommé Molière, et notre mission est presque accomplie.

Sans doute, dans le recueil de ses œuvres, il s'est élevé à lui-même un impérissable monument ; mais la France en doit un autre à la mémoire du grand poëte qui a jeté sur elle l'éclat d'une si belle gloire.

Ce n'est pas d'aujourd'hui que date cette généreuse pensée ; en 1818, quelques amis des lettres avaient ouvert une souscription dans le but que nous allons atteindre enfin. A cette époque agitée, l'attention publique, distraite par les événements, n'était pas facilement fixée sur des hommages purement littéraires. La souscription fut oubliée ; mais il était impossible qu'elle restât longtemps stérile. Une circonstance imprévue en a récemment réveillé le souvenir.

La ville de Paris, parmi les vastes travaux d'embellissement qu'elle exécute, faisait abattre une maison située au point de jonction des rues Richelieu et Traversière. Sur cet emplacement, elle avait résolu d'élever une fontaine ; alors on se rappela que ce terrain se trouvait précisément en face de la maison où Molière avait écrit ses immortels ouvrages, et où il avait rendu le dernier soupir. De là, l'idée noble et touchante d'y élever un monument à sa mémoire, et d'allier à une pensée d'utilité publique une pensée de gratitude et de réparation nationales. Nulle part ce monument ne pouvait être plus heureusement placé : c'est non loin du théâtre où les représentations toujours nouvelles de ses anciens chefs-d'œuvre ont charmé tant de générations, et font encore les délices de ce public éclairé pour lequel ne vieilliront jamais les productions de l'observateur le plus vrai, et, peut-être, du premier philosophe d'un siècle si fertile en grands hommes.

C'est aux lieux mêmes où une multitude ignorante et grossière avait insulté à ses dépouilles mortelles, qu'un peuple éclairé et reconnaissant lui décernera les honneurs d'une apothéose. Ainsi sera vengée la plus belle de nos gloires littéraires, ainsi auront été comprises par la France ces paroles douloureuses de la veuve de Molière, s'écriant, à l'aspect de tant d'outrages, que « la Grèce lui eût élevé des autels! »

Dès lors, la souscription s'est ouverte de nouveau, et la ville de Paris s'y est associée avec un empressement qui honore son Conseil municipal. L'exposé des motifs vous a fait connaître, Messieurs, les sacrifices qu'elle a faits pour acquitter sa dette envers un des hommes les plus illustres auxquels elle ait donné le jour. Mais il fallait que ce monument fût digne de la gloire à laquelle il était élevé. On ne tarda pas à reconnaître que, resserré dans l'étroit espace qui lui était destiné, non-seulement il manquerait de tout caractère de grandeur, mais qu'il deviendrait un obstacle pour la circulation publique. Le Conseil municipal n'hésita point à acquérir la maison voisine pour donner à cette construction monumentale le plus large développement; et le plan, tracé par un habile architecte[1], examiné par la commission des bâtiments civils, mis sous les yeux de votre Commission, lui a paru devoir répondre dignement à l'attente publique.

La ville de Paris a contribué et contribuera encore à la dépense nécessaire pour une somme de 239,175 fr. Le montant des souscriptions volontaires et des représentations théâtrales est évalué à environ 40,000 fr., et le terrain à vendre à 34,000 fr. Le crédit de 100,000 fr. demandé aux Chambres par le Gouvernement, et qui ne sera point dépassé, complétera la somme rigoureusement indispensable pour l'érection du monument.

Dans plusieurs villes, les populations reconnaissantes ont fait revivre sur le marbre ou le bronze les traits des hommes illustres qu'elles virent naître; le Gouvernement leur est venu en aide au moyen des fonds que le budget destine à l'encouragement des beaux-arts; mais ici les ressources disponibles ne peuvent suffire à la dépense. Et d'ailleurs, il n'est pas mal que le pays tout entier acquitte une part de la dette, et que la solennité d'une loi consacre l'érection d'un monument national.

1. M. Visconti, fils du célèbre Visconti qui fut membre de l'Institut.

C'est dans cette pensée que la Chambre des Députés a voté le projet de loi qui est soumis à votre approbation. Nous sommes convaincus, Messieurs, qu'elle ne se fera pas attendre ; vos suffrages sont d'avance acquis à tout ce qui intéresse la dignité et la grandeur de la France.

Votre Commission vous propose, à l'unanimité, l'adoption du projet de loi.

XIII.

MONITEUR DU 5 MARS 1840.

(*Extrait.*)

DISCUSSION

A LA CHAMBRE DES PAIRS.

SÉANCE DU 4 MARS 1840.

« *M. le chancelier.* L'ordre du jour appelle la discussion du « projet de loi relatif à l'ouverture d'un crédit pour le monument « de Molière. »

Personne ne demandant la parole sur l'ensemble, on passe à la délibération des articles, qui sont successivement adoptés sans observation et dans les termes suivants (*Voyez ci-après le texte de la loi*).

On procède au scrutin sur l'ensemble du projet de loi, lequel donne le résultat suivant :

Nombre des votants. .	124
Boules blanches. . .	118
Boules noires. . . .	6

La Chambre adopte.

XIV.

BULLETIN DES LOIS, N° 718.

N° 8552. — *Loi qui ouvre un crédit extraordinaire de* 100,000 *f. pour concourir à l'érection d'une statue et d'un monument en l'honneur de Molière.*

LOUIS-PHILIPPE, Roi des Français,

A tous présents et à venir, salut.

Nous avons proposé, les Chambres ont adopté, nous avons ordonné et ordonnons ce qui suit :

Art. Ier.

Il est ouvert au Ministre de l'Intérieur, sur l'exercice 1840, un crédit extraordinaire de 100,000 fr., pour concourir à l'érection d'une statue en bronze et d'un monument en l'honneur de Molière.

Art. II.

Il sera pourvu à la dépense autorisée par la présente loi au moyen des ressources affectées à l'exercice 1840 par la loi du 10 août 1839.

La présente loi, discutée, délibérée et adoptée par la Chambre des pairs et par celle des députés, et sanctionnée par nous cejourd'hui, sera exécutée comme loi de l'État.

Donnons en mandement à nos cours et tribunaux, préfets, corps administratifs et tous autres, que les présentes ils gardent et maintiennent, fassent garder, observer et maintenir, et, pour les rendre plus notoires à tous, ils les fassent publier et enregistrer partout où besoin sera ; et, afin que ce soit chose ferme et stable à toujours, nous y avons fait mettre notre sceau.

Fait à Paris, le 22e jour du mois de mars, l'an 1840.

Signé : LOUIS-PHILIPPE,

Par le roi.

Le Ministre secrétaire d'État au département de l'Intérieur,

Signé : CH. RÉMUSAT.

Vu et scellé du grand sceau :

Le garde des sceaux de France, Ministre secrétaire d'État au département de la Justice et des Cultes,

Signé : VIVIEN.

XV.

PRÉFECTURE DE LA SEINE.

EXTRAIT

Des registres des procès-verbaux des séances du Conseil Municipal de la ville de Paris.

SÉANCE DU 25 JUIN 1841.

Présents : MM. ARAGO, BEAU, BOULAY DE LA MEURTHE, BOUTRON, CAMBACÉRÈS, COCHIN, FERRON, GALIS, GANNERON, GATTEAUX, GILLET, GRILLON, HÉRARD, HUSSON, JOUET, JOURNET, LAFAULOTTE, LAHURE, LAMBERT SAINTE-CROIX, LANQUETIN, LEGROS, MICHAU, MOREAU, PÉRIER, PERRET, PRESCHEZ, SAMSON-DAVILLIERS, SAY, TERNAUX, THAYER. [1]

MONUMENT DE MOLIÈRE.

Le Conseil,

Vu le mémoire de M. le Préfet de la Seine, en date du 15 avril 1841, et les pièces à l'appui, par lequel,

Après avoir annoncé que le sieur Schwind, entrepreneur, qui avait soumissionné la construction de la fontaine Molière et l'acquisition du terrain restant, a retiré son engagement, et qu'il est dans une position telle que tout recours contre lui serait inutile,

1. Membres de la Commission : MM. de Cambacérès, Hérard, Grillon, Ternaux, Boulay de la Meurthe, rapporteur, et Gatteaux, adjoint.

Il propose de mettre en adjudication la construction de ladite fontaine et l'acquisition du terrain restant de la maison Hurbain, avec charge d'y élever une construction dont l'architecture fera partie du monument, et en grevant la propriété de certaines servitudes ayant pour effet de lui conserver à perpétuité le caractère qui lui est affecté ;

Vu le supplément audit mémoire, en date du 23 juin 1841, par lequel M. le Préfet propose :

1° D'édifier non plus une maison particulière, mais une construction qui, faisant corps avec le monument, sera comme celui-ci une proprieté de la ville ;

2° De charger de cette construction et de celle du monument, évaluées, d'après devis révisés, à 107,822 fr., le sieur Vivenel, entrepreneur, qui offre de les exécuter moyennant 85,000 fr.

3° De fixer à 178,000 fr. la dépense totale du monument, déduction faite du marbre des deux statues accessoires, lequel sera fourni par le Gouvernement, et en y comprenant, outre lesdits . . . . 85,000 fr. »

La sculpture d'ornementation déjà votée, pour	10,000	»
Le modèle de la statue de Molière, assise, de 2 mètres 60 centimètres, pour être coulée en bronze	10,000	»
Le génie en pierre dans le fronton	2,000	»
Les deux figures en marbre, modèle et exécution, de 3 mètres 15 centimètres.	25,000	»
Moulage en bronze de la figure principale . .	18,000	»
Sommes à valoir pour dépenses imprévues, transport des statues de l'atelier à Paris, sur l'emplacement du monument, barrière, gardien, etc.	11,000	»
Honoraires et frais de conduite.	8,000	»
Fontainerie.	9,000	»
Total.	178,000	»

4° D'arrêter les voies et moyens ainsi qu'il suit :

46,714 fr. 04 c. restant sur les 211,000 fr. provenant des votes antérieurs, de la subvention de l'État et de la souscription, après déduction des 164,285 fr. 96 c., prix d'acquisition de la maison Hurbain, en principal, intérêts et frais, ci	46,714 f.	04 c.
10,668 par imputation sur le fonds des retranchements de voirie, pour 26 mètres 67 cent. de terrain livré à la voie publique, à raison de 400 fr. le mètre, ci.	10,668	»
9,000 fr. sur le crédit destiné à la distribution des eaux de l'Ourcq, pour la fontainerie, ci. . .	9,000	»
111,617 fr. 96 c. sur le fonds de réserve de l'exercice courant, et au besoin sur les fonds libres à reporter de 1840, ci.	111,617	96
Somme égale.	178,000 fr.	»

Vu la première délibération du 21 juin 1839, laquelle en approuvant le projet de fontaine monumentale dédiée à Molière, vise à environ 150,000 fr. les dépenses à effectuer, tant pour la construction que pour la partie d'art du monument; relate et affecte à cette destination une somme de 41,000 fr. déjà votée par délibération du Conseil, du 16 août 1837, pour reconstruction de la fontaine de la rue Traversière Saint-Honoré; autorise le versement à la Caisse municipale de 40,000 fr., provenant de la souscription volontaire; vote une somme de 30,000 fr., à titre de souscription, au nom de la ville de Paris; réserve la délibération sur la matière des statues, et stipule que les travaux ne seront pas soumis à l'adjudication, et qu'il en sera traité avec des entrepreneurs connus;

Vu une seconde délibération, du 17 janvier 1840, qui autorise M. le Préfet à acquérir, au nom de la Ville, la maison dite Hurbain, rue Richelieu, n° 41, à la condition que l'État contribuera pour 100,000 fr. à l'érection du monument de Molière;

Vu la loi du 20 mars 1840, qui ouvre au Ministre de l'Intérieur, sur l'exercice 1840, un crédit extraordinaire de 100,000 fr. pour concourir à l'érection d'une statue en bronze et d'un monument en l'honneur de Molière ;

Vu une troisième délibération, du 19 août 1840, qui approuve, sauf règlement et révision, les marchés passés avec le sieur Schwind pour les travaux de construction de la fontaine Molière, montant à 51,920 fr. 33 c., et avec les sieurs de la Fontaine et Marneuf pour les travaux d'ornementation du même monument, s'élevant à 10,000 fr., et déclare qu'il y a lieu d'accepter les offres faites par le sieur Schwind pour l'acquisition du terrain restant libre de la maison Hurbain, et pour la construction de la maison à édifier sur ce terrain ;

Vu la lettre du sieur Schwind, du 9 février 1841, par laquelle il demande que son engagement soit regardé comme nul et non avenu ;

Vu la lettre de M. le Ministre de l'Intérieur, du 2 mars 1841, par laquelle il annonce « qu'en raison de ce que les représenta-« tions théâtrales, dont le produit devait concourir à l'exécution « du monument de Molière, se trouvent retardées et peuvent être « ajournées indéfiniment, il a décidé de suppléer à cette ressource « en prenant à la charge de son département la fourniture des « marbres nécessaires pour les deux statues que M. Pradier est « chargé d'exécuter ; »

Vu la soumission des sieurs Richard Eck et Durand, fondeurs en bronze, du 24 avril 1841, par laquelle ils s'engagent à fondre en bronze la statue de Molière, pour la somme de 18,000 fr.;

Vu les plans, coupes et élévation du monument, donnés par M. Visconti, architecte, et comportant les modifications indiquées par le Conseil des bâtiments civils, et les améliorations qu'a permis d'y apporter, notamment sur les faces latérales, le projet de convertir en propriété communale la construction, qui devait être d'abord une propriété particulière ;

Vu les devis des travaux, tant du monument que de la construction y attenant, montant, après révision, pour le premier, à 62,708 fr. 42 c.; pour le deuxième, à 45,113 fr. 68 c.; au total, à 107,822 fr. 10 c.

Vu la soumission du sieur Vivenel, entrepreneur, en date du 29 mai 1841, par laquelle il s'engage à élever en quelques mois ce monument, au prix de 85,000 fr.;

En ce qui touche le désistement du sieur Schwind,

Considérant qu'il y a lieu de l'accepter, à cause de la position dans laquelle cet entrepreneur paraît être tombé;

En ce qui concerne la proposition de convertir en une propriété communale la construction attenant au monument,

Considérant que, bien qu'il doive en résulter encore pour la Ville une dépense considérable à ajouter à toutes celles qu'elle a déjà volontairement prises à sa charge pour édifier ce monument, néanmoins il convient d'adopter cette proposition, dont l'effet sera de le soustraire à un voisinage et à des conflits qui pourraient lui faire perdre son caractère de consécration à la gloire d'un grand homme;

En ce qui se rapporte à la proposition de charger de la construction du monument le sieur Vivenel, entrepreneur, qui offre de l'exécuter moyennant 85,000 fr.,

Considérant qu'il a été décidé, en principe, par la délibération du 21 juin 1839, que ces travaux ne seraient pas soumis à l'adjudication, et qu'il en serait traité avec des entrepreneurs connus; que le sieur Vivenel, entrepreneur de l'Hôtel-de-Ville, présente toutes les garanties de bonne et prompte exécution, et que ses offres sont acceptables;

En ce qui est relatif à la fixation totale des dépenses à la somme de 178,000 fr.,

Considérant que ces dépenses, telles qu'elles ont été ci-dessus détaillées dans le *visa* du dernier mémoire de M. le Préfet, sont en rapport avec les évaluations primitives soumises au Conseil municipal, et que, si la somme totale en est plus élevée, cette augmentation tient à des faits survenus depuis, ayant tous pour objet de rendre le monument plus digne de sa destination, tels que l'acquisition de la maison Hurbain; la condition du bronze comme matière de la statue principale, imposée par la loi qui a alloué 100,000 fr. de subvention; les modifications indiquées par le conseil des bâtiments civils; la proposition de convertir en propriété communale la construction attenant à la fontaine; et les améliorations que cette dernière proposition a permis d'apporter aux faces latérales;

En ce qui tient aux voies et moyens,

Considérant que, sur les 211,000 fr. provenant des votes antérieurs, de la subvention de l'État et de la souscription, il reste, ainsi que l'a établi M. le Préfet, une somme disponible de 46,714 fr. 04 c.; et que, pour le surplus de la somme nécessaire, il convient d'adopter les imputations de crédit proposées;

Délibère,

1° Le désistement du sieur Schwind pour la construction de la Fontaine-Molière est accepté;

2° La proposition de convertir en une propriété communale la construction attenant à la fontaine, et qui devait constituer primitivement une propriété particulière, est adoptée;

3° Il y a lieu d'accepter l'offre mentionnée plus haut, faite par le sieur Vivenel, entrepreneur, d'exécuter les travaux de la fontaine Molière et de la construction y attenant, moyennant le prix de 85,000 fr., à la condition de se conformer aux devis, plans, coupes et élévations ci-dessus visés, lesquels demeureront annexés à la présente délibération, après avoir été revêtus du *visa* du président et du secrétaire du Conseil municipal;

4° La somme totale des dépenses est fixée à 178,000 fr., conformément aux détails contenus dans le dernier mémoire de M. le Préfet, et ci-dessus relatés;

5° Sont affectés au paiement de ces dépenses les 46,714 fr. 04 c. disponibles, ainsi qu'il a été dit, sur les 211,000 fr. provenant des votes antérieurs, de la subvention de l'État, et de la souscription, ci. . . . . 46,714 fr. 04 c.

Et pour couvrir le surplus desdites dépenses, sont votés:

1° 10,668 fr. à prendre sur le fonds des retranchements de voirie, pour 26 mèt. 67 cent. de terrain livré à la voie publique, à raison de 400 fr. le mètre, ci. 10,668 00

A reporter. 57,382 fr. 04 c.

Report.	57,382 fr.	04 c.
2° 9,000 fr. sur le crédit destiné à lá distribution des eaux de l'Ourcq, pour la fontainerie, ci.	9,000	00
3° 111,617 fr. 96 c. sur le fonds de réserve de l'exercice courant, et, au besoin, sur les fonds libres à reporter de 1840, ci. . . .	111,617	96
Somme égale	178,000 fr.	00 c.

6° M. le Préfet est invité à faire toutes les diligences nécessaires pour hâter le commencement des travaux.

Signé au registre : H. GANNERON, vice-président.

PRESCHEZ, secrétaire.

Pour extrait conforme :

Le maître des requêtes, secrétaire général,
L. DE JUSSIEU.

RÉCAPITULATION

Des dépenses et ressources afférentes à la construction du monument de Molière.

DÉPENSES.

Acquisition de la maison n° 43, rue Richelieu ; foncier, locatif et frais. (Délibération du 23 août 1836. [1])	87,060 f.	89 c.
Acquisition de la maison n° 41, rue Richelieu ; foncier, locatif et frais. (Délibération du 17 janvier 1840. [2])	164,285	96
Construction du monument ; maçonneries, sculptures, statues, fontainerie, enduit par patinage [3]. (Prix convenus, soumissions ou devis, dont les comptes seront ultérieurement arrêtés. (Délibérations des 16 août 1837, 21 juin 1839, 25 juin 1841, 29 décembre 1843. [4])	179,000	00
Trottoirs et pavage des abords	2,500	00
Marbres fournis par l'État pour les deux statues accessoires	18,000	00
Dépenses faites par la Commission de souscription pour la médaille, le livret, frais de bureau, d'impression, d'indemnité et autres, dont il sera compté avec la ville de Paris, par approximation (somme égale au reliquat des souscriptions)	4,916	62
Dépenses de l'inauguration, par approximation	2,000	00
Total.	457,763 f.	47 c.

1. Voyez aux pièces justificatives, n° II.
2. Voyez aux pièces justificatives, n° VII.
3. Par une délibération du 29 décembre 1843, le Conseil municipal a accepté la soumission de MM. Eck et Durand contenant proposition, moyennant le prix de 1,000 francs, d'appliquer à chaud sur la statue en bronze de Molière, par un procédé nommé *patinage*, un enduit particulier qui aurait pour effet d'empêcher l'oxidation du métal.

   Le Conseil municipal a voté cette opération à titre d'essai.
4. Voyez aux pièces justificatives, numéros III, VI, XV.

RESSOURCES.

Contribution des propriétaires du voisinage pour l'acquisition de la maison n° 43, rue Richelieu. . . .	30,000 f.	00 c.
Contribution des propriétaires du voisinage pour l'acquisition de la maison n° 41, rue Richelieu. . . .	1,500	00
Revente des matériaux de ces deux maisons	7,800	00
Versement à la caisse municipale par la Commission de souscription.	40,000	00
Concours de l'État. (Loi du 22 mars 1840.[1]). . . .	100,000	00
Marbres fournis par l'État pour les deux statues accessoires.	18,000	00
Reliquat des souscriptions dont la Commission a disposé pour les dépenses du livret, de la médaille et de ses menus frais, dont il sera compté avec la Ville. .	4,916	62
Restant à la charge de la Ville, et sauf les comptes qui seront ultérieurement arrêtés	255,546	85
Somme égale	457,763 f.	47 c.

1. Voyez aux pièces justificatives, n° XIV.

LISTE

DES SOUSCRIPTEURS

AU MONUMENT DE MOLIÈRE.[1]

	fr. c.
LE ROI, LA REINE, ET LES PRINCES DE LA FAMILLE ROYALE	2,000
S. A. R. MADAME LA PRINCESSE ADÉLAIDE	300
S. A. R. M. LE DUC D'ORLÉANS.	500

COMMISSION DE SOUSCRIPTION.

MM. Alex. Duval, président, 40 f.; Arago, de l'Institut, vice-président, 40 f.; Auber, 40 f.; baron de Barante, 65 f.; A. Bertin, 40 f.; Boulay de la Meurthe, 50 f.; Buloz, 40 f.; Cavé, 40 f.; Chambolle, 40 f.; Cordellier-Delanoue, 20 f.; Casimir Delavigne, 40 f.; Desmousseaux, 40 f.; Duponchel, 40 f.; Étienne, 40 f.; Gatteaux, 40 f.; maréchal Gérard, 40 f.; Népomucène Lemercier, 40 f.; Ligier, 40 f.; Menjaud, 40 f.; Monrose, 40 f.; comte de Montalivet, 100 f.; Périer, 40 f.; Régnier, 40 f.; Samson, 40 f.; Scribe, 40 f.; baron Taylor, 40 f.; J. Taschereau, 40 f.; Thiers, 40 f.; Varcollier, 40 f.; Védel, 40 f.; Vitet, 40 f. 1,315

1. Les personnes qui ont officieusement recueilli les souscriptions n'ont pas toujours eu la possibilité d'indiquer sur leurs notes de versement, les prénoms, qualifications et demeures des souscripteurs.

SOCIÉTÉS SAVANTES.

	fr. c.
Académie Française (souscriptions ou suppléments de souscriptions par 27 membres)	355
Académie des Beaux-Arts de l'Institut (souscriptions ou suppléments de souscriptions par 33 membres[1])	415
Académie royale de Médecine de Paris	390
Faculté de Médecine de Paris	200
Société d'Agriculture du département de Seine-et-Oise	100
M. le directeur et les élèves de l'École royale des Beaux-Arts à Rome	100
Académie des Sciences d'Amiens	100
Académie de Rouen	100
Société libre d'Émulation de Rouen	50
Académie des Jeux floraux de Toulouse	100
Société royale d'Agriculture, Sciences et Arts de Limoges	140
Société des Sciences, Agriculture et Arts du Bas-Rhin	50
Société archéologique de Béziers	50
Loge des Neuf-Sœurs, à Paris	50

ADMINISTRATIONS.

MM. les membres du Conseil municipal de Paris[1]		1,800
MM. les conseillers de Préfecture de la Seine		50
Les employés des bureaux de la Préfecture de la Seine		308
L'administration municipale de la ville de Nantes		150
Imprimerie Royale.	M. le Directeur	25
	MM. les chefs et empl. des bureaux	102
	MM. les contre-maîtres des ateliers et magasins, ouvriers et ouvrières	327 30

1. MM. Arago, 40 f.; Aubé, 20 f.; Beau, 50 f.; Besson, 75 f.; Boulay de la Meurthe; 2e souscription, 30 f.; Bouvattier, 50 f.; Cambacérès, 100 f.; Cochin, 20 f.; Cottier, 60 f.; Ferron, 20 f.; Galis, 20 f.; Ganneron, 40 f.; Gatteaux, 40 f.; Grillon, 50 f.; Herard, 75 f.; Husson, 40 f.; Jouet, 50 f.; Lafaulotte, 100 f.; J. Lafitte, 200 f.; Lahure, 100 f.; Lambert Sainte-Croix, 50 f.; Lanquetin, 20 f.; Lavocat, 10 f.; Lebeau, 20 f.; Lehon, 100 f.; Marcellot, 50 f.; Michau, 20 f.; Moreau, 40 f.; Orfila, 30 f.; Parquin, 20 f.; Périer, 50 f.; Perret, 40 f.; Preschez, 40 f.; Say, 50 f.; Ternaux, 40 f.; Thayer, 60 f.

TRIBUNAUX.

	fr. c.
Le tribunal de Première Instance de la Seine.	340
L'ordre des Avocats à la Cour royale de Paris.	300
La Chambre des Avoués près la Cour royale de Paris. . . .	100
La Chambre des Huissiers du département de la Seine. . .	100

GARDE NATIONALE DE PARIS.

2e légion.	2e compagnie, 2e bataillon.		159 75
3e légion.	Conseil de recensement	55	112 35
	4e compagnie, 3e bataillon.	57 35	
4e légion.	1re compagnie, 1er bataillon	30	65
	Comp de voltigeurs du 1er bataillon .	25	
	4e compagnie du 4e bataillon. . . .	10	
11e légion			166 25
12e légion.	Comp des grenadiers du 1er bataillon.	40	48
	3e comp. des chasseurs du 1er bataillon.	8	

COMMISSION DES THÉATRES ROYAUX.

MM. les membres de la commission.	Choiseul (duc de) Kératry (de). Lascours (général). Bertin (Armand). Blanc (Edmond). Pèdre la Caze.	300

THÉATRES.

Comédie-Française (représentation du 10 mai 1838) . . .	12,131 32
Théâtre du Palais-Royal, artistes et employés	90
Ambigu-Comique, produit d'une représentation (versé par MM. Cormon, Dennery et Dutertre).	200
Directeurs et artistes des théâtres de la banlieue (versé par M. Séveste).	200
Théâtre de Belleville, produit d'une représentation du 7 décembre 1838, versé par M. Séveste.	1,523 85
Produit d'une représentation donnée le 8 février 1839, par les élèves du Conservatoire, réunis au Gymnase Enfantin.	200

fr. c.

SOUSCRIPTIONS DIVERSES.

Le National de 1834. 100

Compagnie des courtiers de commerce et d'assurances près la bourse de Paris 200

Plusieurs élèves du col. Rollin (coll. versée par M. Brisbarre). 58

La commission du Cercle des Échecs 50

Retrait chez MM. Périer frères, banquiers, d'un dépôt d'anciennes souscriptions [1] 350

Produit d'une collecte recueillie par M. de P***, versée par mademoiselle Dupont. 290

Produit d'une collecte recueillie à Dreux par M. Alquier . . 41

SOUSCRIPTIONS

versée directement dans la caisse municipale par des propriétaires voisins du monument.

500 f. par M. Perrotin, édit. des Œuvres de Béranger.
500 — M. Raboin.
500 — Madame Boileau.

1. La liste de ces souscriptions n'a pu être remise à l'agent comptable de la commission du monument.

SOUSCRIPTIONS NOMINALES.

---

	fr.	c.
Abancourt (vicomte d'), r. d'Assas, 3 *bis*.	25	
Abit (mademoiselle), du th. de l'Ambigu-Comique.	5	
Achille, souffleur au Vaudeville.	2	
Acloque.	5	
Adam, compositeur.	5	
Ador, conc. au Th.-Français.	2	
Adrien, du théâtre des Variétés.	5	
Agasse, not. honor. à Paris.	25	
Agier, cons. à la Cour roy. de Paris.	20	
Alavoine, doct. en médecine.	5	
Albert (mad.), artiste du Vaudeville.	20	
Albert, artiste de l'Amb.-Com.	10	
Albert.		25
Alboise, aut. dramatique.	10	
Albuféra (duc d').	25	
Alexandre, empl. au min. de l'Intér.	2	
Alexandre, pensionn. du Th.-Franç.	2	
Alis, horloger.	3	
Alisse (Jules).	10	
Allais père, employé.	2	
Allais fils, horloger.		50
Allan (M. et mad.), art. du th. impér. de Saint-Pétersbourg.	50	
Allart.	5	
Alvarez.	5	
Amand-Guillaume (mad.).	5	
Amant, art. du th. du Vaudeville.	3	
Amielh, rentier.	5	
Anaïs-Aubert (mademois.), soc. du Th.-Franç.	40	
Ancelin, rue des Grands-Augustins, 24, à Paris.	10	
Ancelin.	20	
Andry, r. de l'Échiquier, 20.	5	
Angliviel (Maurice), biblioth. du dépôt général de la Marine.	5	
Anicet, aut. dramat.	20	
Ansiaux, membre de la soc des Enfants d'Apollon.	5	
Antheaume (mademois.).	5	
Anthelme.		50
Antier, homme de lettres	5	
Arago, memb. de la Ch. des députés, (3e souscription).	10	
Arbousse.	5	
Archdéacon, anc. agent de change, r. Lafitte, 14, à Paris.	50	
Armand, soc. retiré du Th.-Franç.	5	
Armand, art. de l'Amb.-Com.	5	
Arnal, art. du Vaudeville.	10	
Arnould, aut. dram.	10	
Arsène, pens. du Th.-Franç.	10	
Artigues (d'), memb. du Cons. gén. des manufactures.	20	
Aubigny (baron d').	5	
Audiffret.	5	
Auger, vérificateur.	10	
Auguste, pens. du Th.-Franç.	5	
Aulnet du Vautenet, memb. de la soc. libre des Beaux-Arts.	5	
Auvray Saint-Amand (P.-M.), ancien art. dramat.	5	
Avenel (madem.), élève du Conserv.	2	
Azevedo, maître des requêtes.	40	
Bagration (mad. la princesse de).	25	
Baille (Charles), art. de l'Amb.-Com.	2	
Bailleul, commiss. de police au min. de l'Intérieur.	10	
Baillot, empl. au min. de l'Intér.	2	
Bajot, conserv. en chef de la biblioth. de la Marine.	5	
Bajot fils.	5	
Ballard, art. du Vaudeville.	3	
Baltazar (mad.), art. du Vaudeville.	5	
Bantel, préf. de l'Ariége.	20	
Bapst frères, joailliers de la Cour.	10	
Baptiste.		50
Barba (J.-N.), lib. au Palais-Royal, et son commis.	50	

	fr.	c.
Barbereau, chef d'orchestre du Th.-Franç.	10	
Barbet, de Jouy.	50	
Barbier, entrepreneur.	10	
Barbier-Weimar.	20	
Barbier, art. de l'Amb.-Comique.	2	
Barbot, sous-contrôl. au Th.-Franç.	1	
Bardou, art. du th. du Vaudeville.	10	
Barillet.	20	
Barmont, artiste peintre.	10	
Baron, empl. au min. de l'Int.	5	
Baron fils, id.	2	
Barré, caissier des propr. du Vaudeville.	10	
Barré, empl. au min. de l'Intér.	2	
Barric (A.)	5	
Barrière jeune.	10	
Barthe (Victor), caiss. du th. du Vaudeville.	5	
Barthe aîné, contr. en ch. du Vaud.	3	
Barthelet, sous-contrôl. au Th.-Fr.	2	
Barville (madame), artiste de l'Ambigu-Comique.	5	
Bary.	5	
Bassano (duc de), pair de France, memb. de l'Institut, etc.	100	
Basset (Alexandre), empl. au m. de l'Intérieur.	20	
Baubé (madame), artiste de l'Ambigu-Com.	1	
Baud.	10	
Baudiot, memb. de la soc. des Enfants d'Apollon.	5	
Baudouin, prop.	5	
Baulet, horl.		50
Baune, ch. des comp. du Th.-Franç.	2	
Bayard, aut. dram.	50	
Bazenerye, avoc.	5	
Beau.	5	
Beauchesne (Alfred de), secrét. au Conservat.	3	
Beaulieu, memb. de la soc. des Enf. d'Apollon.	5	
Beauregard, de l'Acad. r. d'Angers.	5	
Beauvalet, ch. de bur. au minist. de l'Intérieur.	5	
Beauvallet, soc. du Th.-Franç.	10	
Beffara, auteur de recherches et de documents sur la vie et les ouvrages de Molière.	10	
Beffara, jug. de paix à Nonancourt (Eure).	5	
Beighéder (mademoiselle), élève du Conservat.	3	
Bein, memb. de la soc. des Beaux-Arts.	2	
Bellanger, anc. notaire.	20	

	fr.	c.
Belle (Augustin), memb. de la soc. des Enf. d'Apollon.	5	
Bellemar (L. de).	2	
Belloc, memb. de la soc. libre des Beaux-Arts.	5	
Béranger (P.-J.), chansonnier.	10	
Béranger (mademoiselle), pensionn. du Th.-Franç.	10	
Berard, memb. de la Chamb. des députés.	10	
Bérault aîné, de Bar-sur-Aube.	100	
Berchu.	10	
Berger, artiste du Vaud.	5	
Berger, coiff. au Th.-Franç.	1	
Berlancour, empl. au min. de l'Int.	2	
Berly.	2	
Bernard-Léon, du th. du Gymnase-Dramat.	5	
Berriat-St.-Prix, profess. à l'Éc. de droit.	10	
Berrier (Constant), hom. de lettres.	10	
Berson (Eugène).	10	
Berthaud, aut. dramatique.	5	
Berthault, sous-contrôl. au Th.-Fr.	1	
Berthet, journalier au Th. Franç.		25
Berton, profess. au Conservat.	10	
Bertrand (gén., comte).	10	
Besson (C.-A.), élève en médec.	5	
Bethmont, avoc. à Paris.	20	
Beuchot, bibliothéc. de la Ch. des députés.	5	
Beurla, memb. de la soc. libre des Beaux-Arts.	5	
Beuzard.	5	
Bezard, r. des Bons-Enfants, 32.	2	
Bienaimé, memb. de la soc. libre des Beaux-Arts.	5	
Biesta-Villeneuve, anc. notaire.	5	
Biet.	10	
Bigeard.	1	
Bignon aîné, empl. au min. de l'Int.	2	
Bigot, doct.-médec. à Angers.	5	
Bigué (Thérèse), ouvreuse au Th.-Franç.	5	
Biguet, anc. contrôl. au Th.-Franç.	2	
Billaud fils, r. de l'Échiquier, 33	25	
Billot, r. Hauteville, 29.	5	
Billot, r. du Faub.-St.-Denis, 17.	5	
Blaise (madame), ouvreuse au Th.-Franç.	1	
Blanc (Edmond), secrét. gén. du minist. de l'Intér.	50	
Blanc, contrôl. en chef du Th.-Fr.	10	
Blanchart.	2	
Blanchet.	2	
Blesson (madame), ouvreuse au Th.-Franç.	1	50

	fr.	c.
Blondeau, doyen de la Faculté de droit.	10	
Blondel (A.).	5	
Blouet.	10	
Bobilier, garçon du Th.-Franç.		50
Bocage, artiste du Gymn.-Dram.	5	
Bodinier frères, d'Angers.	10	
Bodson, doct. en médec.	5	
Boïeldieu, veuve du comp. de ce nom.	5	
Boïeldieu (Adrien).	5	
Boivin (Eugène), clerc de notaire.	2	
Bonnefons de Lavialle, commiss.-pris. à Paris.	10	
Bonnet père, conseill. à la C. de cass.	20	
Bordier, memb. de la soc. libre des Beaux-Arts	5	
Bordogni, profess. au Conserv.	5	
Borel, horloger.		50
Borne, sous-contr. au Th.-Franç.	1	
Bornot (Auguste), avoué première instance à Paris.	10	
Bossel-de-Saint-Martin, biblioth. de Sainte-Geneviève.	10	
Bosta, r. de Rivoli, hôt. de Windsor	5	
Boucheué-Lefer.	5	
Boucher Duminguy, carr. de l'Od. 10.	5	
Boucher-Cailloux, tapissier.	8	
Boucher.		75
Boucker, entrepr.	10	
Boué.	5	
Bouffé, artiste du Gymn. dramat.	5	
Bouillier (madame), buraliste au Th.-Franç.	1	
Boulard (Michel).	5	
Boulay-Paty (Evariste).	10	
Boulogne, négociant.	5	
Boutron, adj. au maire du IIIe arrondissement de Paris.	20	
Bouvier.	5	
Bouvier.	2	
Bouzet (du), consul de France à Ostende.	10	
Bourgeois, memb. de la comm. médicale du Th.-Franç.	10	
Bourke (comtesse de).	50	
Bournonville (E. de).	5	
Bourotte, second chef d'orchestre du Vaudeville.	2	
Boursier (Adolphe).	5	
Brama, horloger.		50
Bravard, prof. à l'Ecole de droit.	10	
Brazier, auteur dramatique.	20	
Breau, empl. au minist. de l'Int.	2	
Brésil, élève du Conservatoire.	1	50
Bresson, artiste du th. des Variétés.	5	
Brevanne (le conseiller de).	5	
Brice.	10	
Briffault (mademoiselle), buraliste au Th.-Franç.	1	
Brisebarre, homme de lettres.	5	
Brocard (mademoiselle), sociétaire du Th.-Franç.	5	
Brohan (madame), art. du Vaud.	10	
Brohan (mademoiselle Augustine), sociétaire du Th.-Franç.	10	
Brun (Louis).	5	
Brunet, ancien administ. du th. des Variétés.	20	
Brunet (Caliste).	5	
Brunier (madame), r. Coq-Héron.	10	
Buchère, avocat.	10	
Bullot.	5	
Bullot (François).	2	
Busche.	10	
Cabanne, empl. au minist. de l'Int.	10	
Cachardy, artiste du Gymnase.	5	
Cailleux (de), directeur des Musées royaux.	20	
Callets, membre de la société libre des Beaux-Arts.	5	
Calin.	1	
Calmon, memb. de la Chamb. des députés.	10	
Calon, r. Hauteville, *44 bis*.	10	
Calon.	10	
Cambon (de).	10	
Caminade, memb. de la société des Enfants d'Apollon.	5	
Caradoc, colonel.	20	
Caristie, passage Sainte-Marie, 2.	5	
Carlier, (madame), ouvreuse au Th.-Franç.	1	
Carpentier, membre de la société libre des Beaux Arts.	10	
Carpentier.		25
Carrier, conseiller de préfecture à Rhodez.	3	
Cartier, rue de Clichy, 23.	5	
Cassagne (Etienne).	5	
Castaing (chevalier de), homme de lettres.	5	
Castellane (marquise de).	20	
Castellane (comtesse de).	100	
Castil-Blaze, homme de lettres.	5	
Catalan, ancien élève de l'Ecole polytechnique.	3	
Catinet (veuve).	5	
Catoire.	5	
Cauche, empl. au minist. de l'Int.	5	
Caudron, horloger.	5	
Cavallier (Ludovic).	5	

	fr.	c.
Cavé, dir. des Beaux-Arts au min. de l'Int. (2e souscription).	10	
Cayrol (de), memb. de la Chambre des députés.	20	
Cazes (duc de).	100	
Cazot, art. du th. des Variétés.	5	
Cerf-Beer (Alphonse).	50	
Césana (de).	2	
Chabert fils, rue Neuve-Saint-Eustache, 36.	5	
Chabert.	1	
Chabot (comte Philippe de).	10	
Chabot (ch. Raymond), av. à Paris.	20	
Chabot de Bouin, h. de lett.	5	
Chabrié frères.	30	
Chabrillant (baron de).	5	
Chabrol de Volvic.	20	
Chalons-d'Argé, empl. au min. de l'Int.	5	
Champlâtreux (comte de), memb. de la Chambre des députés.	50	
Champollion-Figeac.	5	
Chantagne, art. de l'Amb.-Com.	2	
Chardigny, memb. de la soc. libre des Beaux-Arts.	5	
Charpentier.		50
Charre.	50	
Charton (Edouard).	30	
Chassaigne, empl. au min. de l'Int.	5	
Chateauroux (de).	25	
Chatillon, architecte.	10	
Chauchat, ancien not.	10	
Chauchefoin, horloger.	2	
Chaudouet.	5	
Chauffert (J.), bijoutier.	5	
Chauffert (A.), march. de draps.	2	
Chedel (L.-V.).	3	
Chedel.	2	50
Chennebout.		50
Chérubini, dir du Conserv.	15	
Cheuvreux.	20	
Chevallereau.	5	
Chevrillon.	5	
Chignard.	5	
Cinti-Damoreau, prof. au Conserv.	15	
Clairville, art. de l'Amb.-Com.	3	
Claye oncle, de Dreux.	2	
Claye neveu, id.	2	
Clément, memb. de la Chambre des députés.	10	
Clément, offic. supér. attaché au dépôt de la guerre	5	
Clément-Desormes.	5	
Clérambault aîné.	1	
Cléry aîné, march. de bois.	10	
Clogenson, memb. de la Chambre des députés.	6	

	fr.	c.
Cluis aîné (J.), empl. au min. de l'Int.	5	
Cogniard (Hippolyte), aut. dram.	10	
Cogniard (Théodore), aut. dram.	10	
Colin, entrepren.	10	
Colliez.	5	
Collot, dir. de la Monnaie, à Paris.	200	
Colombe, memb. de la soc. libre des Beaux-Arts.	2	
Colson, pens. du Th.-Franç.	5	
Comberousse (Alexis de), h. de lett.	5	
Commandeur.	5	
Contat (Emilie), veuve de Fays, soc. retirée de la Com.-Franç.	40	
Coquerel, memb. de la commission médicale du Th.-Franç.	10	
Coquet, art. de l'Amb.-Com.	1	
Corneille (madem. J.-M.).	5	
Corot.	5	
Cosnier, imp.-libr., à Angers.	2	50
Cottenet, adj. au maire du 1er arrondissement de Paris.	10	
Coullon, bijoutier.	1	
Counis, négoc.	3	
Courtin (madem.), élève au Cons.	3	
Coussin, memb. de la soc. libre des Beaux-Arts.	2	
Crapez (Edmond).	10	
Crécy, art. dram.	20	
Crépin (Louise), ouvreuse au Th.-Franç.	1	
Cretté de Palluel.	3	
Cronbauer, r. du Faub.-Saint-Denis, 184.	2	
Crozand (de).	8	
Crussol (duc de).	20	
Cullier, art. de l'Amb.-Com.	5	
Cumont (baron de), d'Angers.	10	

	fr.	c.
Dablin (Théodore).	10	
Dailly (Armand), soc. du Th.-Franç.	20	
Dalivou, propriét. à Angers.	5	
Damas (MM.), r. de Vaugirard, 47.	20	
Damas (madame), veuve du sociét. du Th.-Français.	20	
Danguin, art. de l'Amb.-Com.	3	
Daniel, horlog.		50
Dantan aîné.	5	
Daroudran.	2	
Darrasse (Th.).	10	
Daubenton.	10	
Daucé (Auguste), costum. en chef du Th.-Français.	5	
Daudignac (MM.).	10	
Dauguy, r. St.-Fiacre, 3.	10	
Dauprat, profess. au Conservat.	5	

	fr.	c.
Davenne, ch. de bur. au minist. de l'Intérieur.	5	
Davrecour.	10	
Davy, empl. au min. de l'Int.	2	
Déal.	5	
Debez, memb. de la soc. des Enf. d'Apollon.	5	
Debled.	5	
Debounaire, art. du Gymn.-Dram.	2	
Debouche.		50
Debruges.		25
Debure aîné (J.-J.), libr., r. Serpente, 7.	10	
Decan, maire du IIIe arr. de Paris.	20	
Decrès (Duchesne).	30	
Defitte, memb de la Ch. des dép.	10	
Defresne (Marcellin).	10	
Dehigny, memb. de la soc. des Enf. d'Apollon.	5	
Delabarre, r. de Condé.	5	
Delafage, memb. de la société des Beaux-Arts.	5	
Delafosse, art. dramatique.	10	
Delaistre, memb. de la soc. libre des Beaux-Arts.	2	
Delalain, r. de l'Odéon, 27.	10	
Delamotte (madame), ouvreuse au Th.-Franç.	1	
Delandy.	5	
Delaporte, h. de lettr.	5	
Delaunay, offic. retr. à Angers.	5	
Delaval, memb. de la soc. libre des Beaux-Arts.	2	
Delavigne (Albert Casimir).	5	
Delavigne (Fortuné).	10	
Delavigne.	20	
Delécluse (Gustave).	5	
Delessert (Benjamin).	100	
Delessert (Gabriel), préf. de police du dép. de la Seine.	100	
Deligny (Eugène), aut. dram.	5	
Delorme, memb. de la soc. libre des Beaux-Arts.	10	
Delourme, horlog.		50
Delpech (madame).	5	
Delvil (madame), élève du Conser.	5	
Demidoff (comte Anatole).	300	
Démonts, memb. de la Ch. des dép., maire du XIe arr. de Paris.	20	
Demonval (St.-Hilaire).	5	
Denain (mademoiselle), élève du Conservatoire.	3	
Deneyrouse, r. des Fossés-Montmartre, 16.	3	
Denis (Alphonse), memb. de la Ch. des députés.	10	
Denugon, empl. au min. de l'Int.	5	
Dérivis, prof. adj. au Conservat.	10	
Desains, memb. de la soc. libre des Beaux-Arts.	5	
Désaugiers aîné.	10	
Desbrosses (Eulalie), soc. retr. du Th.-Français.	100	
Deschamps, memb. de la soc. libre des Beaux-Arts.	5	
Desfort (comte Adolphe).	10	
Desgranges, adj. au maire du XIe arr. de Paris.	5	
Deslandes, h. de lettres.	5	
Deslandes.	5	
Desmousseaux (madame), soc. du Th.-Français.	40	
Desnoyers (baron), r. de Touraine, 9.	20	
Despaux (mademoiselle).	5	
Desplechin, artiste.	5	
Desprez, négoc.	2	
Dessaignes, empl. au min. de l'Int.	5	
Dessalle-Regis, avoc.	5	
Dessonville, art. du Vaudev.	3	
Destors, r. du Gros-Chenet, 6.	5	
Detaillis (Jules).	5	
Dethan.	5	
Devienne, veuve Gévaudan, sociét. retr. du Th.-Français.	300	
Devoisins (Étienne).	5	
D'henneville, ch. du matériel au Conservatoire.	5	
Dherbes, profess. au Conservat.	3	
Didier, auteur dramat.	5	
Diet, commiss. de police au minist. de l'Intérieur.	3	
Diéterle, artiste.	5	
Dieudonné, art. de l'Amb.-Com.	2	
Dispot (madame Virginie), ouvreuse au Th.-Français.	2	
Doany, empl. au min. de l'Intér.	5	
Doche.	10	
Dosne, régent de la Banque.	25	
Donna-Peduzzi, entrepr.	5	
Donnadieu, empl. au min. de l'Int	5	
Doré.	1	
Dorius, att. au mag. du Th.-Fr.		75
Dorval (mad. Marie), art dramat.	20	
Doucet (Camille).	20	
Douix jeune.	5	
Doulcet (madame), à Deuil, Seine-et-Marne.	10	
Dreuille, memb. de la société libre des Beaux-Arts.	2	
Dreys, empl. au minist. de l'Intér.	2	
Druet (Julien), distillateur.		50
Dubeux.	5	
Dubochet et compag., éditeurs du Molière avec illustrations.	100	

	fr.	c.
Dubois, memb. de la soc. libre des Beaux-Arts.	5	
Dubois père.	10	
Dubois.	10	
Dubois (madame), art. de l'Amb.-Comique.	2	
Duboulox, memb. de la soc. libre des Beaux-Arts.	2	
Dubourg, général.	5	
Dubourg (mademoiselle Élisa), art. du Vaudeville.	5	
Dubut, memb. de la soc. libre des Beaux-Arts.	2	
Duchesne aîné	5	
Duchesne aîné.	5	
Duchesne, empl. au min. de l'Int.	10	
Duclos, inspect. des douanes, en retraite.	10	
Ducloux.	10	
Ducommun, attaché au magasin de costumes du Th.-Français.	5	
Ducoudreux.		50
Ducorps, p. des Petits-Pères, 3.	10	
Ducroisi (madame).		50
Dulin, horlog.		50
Dulphy (Victor).	10	
Dumanoir, auteur dram.	10	
Dumeny, sous-contrôl. au Th.-Fr.	2	
Dumersan, auteur dramat.	5	
Dumolard, h. de lettres.	10	
Dumont, chef de bureau au minist. de l'Intérieur.	10	
Dumont, memb. de la soc. des Enf. d'Apollon.	5	
Dumont.	5	
Duparai, pensionn. du Th.-Fr.	5	
Dupaty, memb. de l'Acad. franç.	20	
Dupeuty, auteur dram.	10	
Dupin, présid. de la Ch. des dép.	50	
Dupin, cap. commandant la 4e comp. de chasseurs du 2e bataill. de la garde nation. de Paris.	5	
Duplantier.	5	
Duplat, memb. de la soc. libre des Beaux-Arts.	2	
Dupont (de l'Eure), r. du Paon, 8.	10	
Dupont (mademoiselle), sociét. du Th.-Français.	100	
Dupont, machiniste en chef du Th.-Français.	5	
Dupuy, empl. au min. de l'Int.	10	
Duquère, empl. au min. de l'Int.	3	
Durckheim (de), sous-préf. à Espalion (Aveyron).	5	
Durmont, agréé au trib. de comm. de la Seine.	20	
Duret.	5	

	fr.	c.
Durieu, chef de section au minist. de l'Intérieur.	20	
Dutemple.	20	
Dutens, inspect. général des Ponts-et-Chaussées.	5	
Dutertre, empl. au min. de l'Int.	3	
Duval (Léon), avoc. à Paris.	40	
Duval employé.	2	
Duverger père, anc. acteur et direct.	10	
Duvernoy, memb. d. la soc des Enf.-d'Apollon.	2	50
Duveyrier (baron).	50	
Duveyrier (Charles).	5	
Edouard, coiffeur de S. A. R. mad. la duchesse d'Orléans.	5	
Emile.		25
Empis.	20	
Enouf, memb. de la Ch. des députés.	5	
Ernestine (mad.), art du th. des Variétés.	5	
Euchène.	3	
Eynard.	50	
Fabas de Mautort.	10	
Fabas (Théodore).	10	
Fabre aîné, memb. de la soc. des Enfants d'Apollon.	5	
Fabre, memb. de la soc. des Enfants d'Apollon.	5	
Fabrequette.	1	
Falempin, avocat.	10	
Fargueil (madem.), art. du Vaudeville, et M. Fargueil père.	15	
Faure, pensionn. du Th.-Franç.	5	
Fauriel (C.).	10	
Fayart, r. Plumet, 25.	5	
Fayolle.	1	
Félician.	5	
Félix, sec. souffleur du Th.-Franç.	5	
Ferrier.	5	
Ferrière, surveillant des classes au Conservat.	3	
Ferville, art. du Gymnase.	5	
Feuchère, art.	5	
Fierville (mad.), art. de l'Ambigu-Comique.	5	
Firmin, soc. ret. du Th.-Franç.	20	
Fitz-James (duc Edouard de).	100	
Fisquet.	2	
Flahaut (comte de), pair de France.	50	
Fleury, préfet de la Lozère.	10	
Fleury (mad. Eugène), art. du Vaud.	5	
Florence, memb. de la commission médic. du Th.-Franç.	10	
Florent, empl. au min. de l'Int.	20	
Flury-Hérard, banquier.	20	

	fr.	c.
Foignet, memb. de la soc. des Enfants d'Apollon.	3	
Fondeux.		50
Fonta (Hippolyte), pensionn. du Th.-Franç.	5	
Fontan, aut. dramat.	5	
Fontanes, empl. au min. de l'Int.	5	
Fontenay, art. du Vaudev.	5	
Foucher père, not. hon. à Paris.	30	
Fourcade.	5	
Fourcroy (mad. la comtesse de).	20	
Fradelle, art. du Vaudev.	5	
Franchi, empl. au min. de l'Int.	5	
François (Alphonse).	20	
Francq (baron Félix de).	10	
Fremont, empl. au min. de l'Int.	2	
Fresson aîné, banquier à Péronne. (Somme.)	50	
Froidefond de Florian fils.	10	
Froment, empl au min. de l'Int.	1	
Furgault, propr. de la maison, r. de la Tonnellerie, 3, où serait né Molière.	10	
Gabillot, adj. au maire du 1er arrondissem. de Paris.	10	
Gabillot fils (Charles), négoc.	5	
Gabourd, empl. au min. de l'Int.	2	
Gabriel, art. du th. des Variétés.	3	
Gagnan, Faub Saint-Denis, 17.	5	
Galeron, proc. du roi, à Falaise.	5	
Galien-Caplain, anc. dir. d. douanes à Boulogne-sur-Mer.	10	
Gallois, avoué.	10	
Gambier, not. à Paris.	50	
Gambier, chef de bur. au min. de l'Int.	5	
Gandais, au Palais-Royal.	10	
Garcin, art. de l'Amb.-Com.	1	
Garnier, secrét. en chef de la mairie du 1er arrond. de Paris.	3	
Gaston, pensionn. du Th.-Franç.	5	
Gatteaux, memb. de la soc. libre des Beaux-Arts et de la soc. des Enfants d'Apollon. (3e et 4e souscriptions).	20	
Gaudais, banq. à Angers.	5	
Gauja, préf. de Maine-et-Loire.	30	
Gaultier, et aut. empl. de la Direct. des Colonies.	9	
Gaultron, empl. au min. de l'Int.	2	
Gautier.	10	
Gavaudan, artiste.	10	
Gay.		25
Geffroy, soc. du Th.-Franç.	15	
Geffroy (mad.), pens. du Th.-Franç.	5	

	fr.	c.
Gelinet, memb. de la soc. des Enfants d'Apollon.	3	
Gendron.	10	
Genetet, empl. au min. de l'Int.	5	
Gensoul (Justin), homme de lettres.	20	
Genu, r. J.-J. Rousseau, 1.	5	
Gerbet père, memb. de la société des Enfants d'Apollon	5	
Gerente (H. de), administrateur du domaine privé du roi.	30	
Gérin (D.), au min. de l'Int.	10	
Germain.	1	50
Gibert, limonadier.	5	
Gide.	10	
Gilbert, art. de l'Ambigu-Comique.	2	
Gillet, adj. au maire du XIe arrondissement de Paris.	5	
Giniez.	2	
Ginnel, horloger.	5	
Girardin (A.), recev. des finances.	20	
Giroud, memb. de la société des Enfants d'Apollon,	3	
Goblin (MM.), prof. au Conservat.	5	
Godar, capitaine au 9e léger.	5	
Gondret, docteur en médecine.	5	
Goschler.	2	
Goujon (Henry), typographe.	5	
Gourlier, memb. de la société libre Beaux-Arts.	5	
Gourgaud (comte), lieut.-général.	40	
Grabouska (madame la comtesse de).	10	
Grandidier (Alexandre).	5	
Granger, homme de lettres.	5	
Granier de Cassagnac.	20	
Granville, artiste de l'Amb.-Com.	5	
Gras (Anatole), art. de l'Amb.-Com.	2	
Grassot (madame), art. du Gymnase.	5	
Gravant (madame), ouvreuse surnuméraire au Th.-Franç.	1	
Greffulhe (comte Henry de).	50	
Greffulhe (comte Charles de).	50	
Greffulhe (Jean de).	25	
Grévedon, peintre.	50	
Grévedon fils (Henry).	5	
Grévedon (mademoiselle Camille).	5	
Grille (Romain), docteur-médecin à Angers.	5	
Grille (T.), de la société des sciences et arts d'Angers.	5	
Grisar.	10	
Grison, attaché au magasin du Th.-Franç.	1	
Gromard.	5	
Gros (B.)	25	
Gros, capit., boulev. Poissonn., 15.	5	
Grosdemenge, employé au min. de l'Int.	1	

	fr.	c.
Grub, tailleur.	1	
Gruel, frotteur au Th.-Franç.	1	
Grün, avocat	5	
Giudicelli.	5	
Guerrier (madame), buraliste au Th.-Franç.	2	
Guénepin, memb. de la société libre des Beaux-Arts.	10	
Guérard,	10	
Guerbois.	5	
Guerle (Charles de), aut. dramat.	10	
Guersant, membre de la société libre des Beaux-Arts.	5	
Guesdon, petit-fils de Préville.	5	
Guesveiller.	2	
Guët, empl. au min. de l'Int.	5	
Guffron.	10	
Guiart.	10	
Guiaud, sociétaire du Th.-Franç.	5	
Guilbert de Pixérécourt.	50	
Guillaudin,	5	
Guillemin, régiss. gén. du Vaudev.	5	
Guillemin (madame), art. du Vaudev.	5	
Guillory aîné, président de la sociét. Industrielle d'Angers.	5	
Guyon, sociétaire du Th.-Franç.	10	
Guyot (Charles).	15	
Guyot (Amédée).	20	
Habeneck (madame), art. du Gymn.	5	
Habert.	5	
Hacot.	5	
Halevy, professeur au Conservat.	10	
Hamel, r. des Fossés-Montm., 17.	5	
Hariague (Théramène d').	15	
Harouard, r. de Cléry, 25.	10	
Hâse.	5	
Haussez (baron d').	25	
Haussmann, empl. au min. de l'Int.	20	
Havet, garde des arch. de la Chamb. des comptes.	5	
Haymonet, commissaire de police à Paris.	5	
Heirisson (Louis).	5	
Hémar.	10	
Henry, direct. des contrib. ind. à Mende.	4	
Henry, profess. au Conserv.	5	
Henry (mademoiselle), élève du Conserv.	2	
Herfort, artiste.	10	
Hermann, nég.	5	
Herman (E.), chef au minist. de l'Intér.	10	
Hérold (madame), veuve du comp. de ce nom.	5	
Hersent.	10	
Hervey (madame), sociét. du Th.-Franç.	10	
Hesse (Auguste).	10	
Hibon (Henry).	20	
Hiel (madame), ouvreuse au Th.-Français.	1	
Hippolyte, artiste du Vaud.	5	
Hittorff, memb. de la soc. libre des Beaux-Arts.	10	
Hoguer, chef au minist. de l'intér.	20	
Holagray (Hippolyte).	5	
Hou (d'Angers).	4	
Houdetot (comte d').	25	
Hubband.	50	
Hubert, d'Angers.	1	
Hugo (Victor),	20	
Hugo (Lucien).	5	
Huvé, memb. de la soc. libre des Beaux-Arts.	10	
Imbault.	5	
Jacot, horlog.	5	
Jacquen.	1	
Jacquinet (Ed.), d'Angers.	5	
Jamet père.	20	
Jamet (Eugène).	20	
Jamin (madame), ouvreuse au Th.-Français.	2	
Janain, sous-contrôl. au Th.-Franç.	3	
Jarry, entrep.	10	
Jaubert (comte), memb. de la Ch. des députés.	20	
Jeannin, empl. au minist. de l'Int.	1	
Joanny, sociét. du Th.-Franç.	25	
Joffrion (comte de).	10	
Jolivet (Gabriel), architecte.	5	
Jolivet (Charles Le).	10	
Jolivet.	2	
Jollois, ingén. en chef, direct. de la Seine.	10	
Jomard, memb. de l'Institut.	10	
Jomard.	5	
Jonquoy, anc. notaire à Paris.	20	
Joseph, artiste du Gymn.	5	
Joseph, frotteur au Th.-Franç.	2	
Joséphine (mademoiselle), art. du Vaudeville.	2	
Jourdan (Étienne), hom. de lettr.	5	
Journault, vérificateur.	10	
Journault (Alexandre).	10	
Jouxbertoud, sous-contrôl. au Th.-Français.	2	
Jubinal (Achille).	5	
Juillerat (P.), empl. au minist. de l'Intér.	5	
Jullien.		50

	fr.	c.
Julliot, recev. des fin. à Arcis-sur-Aube.	10	
Julliot (Auguste), à Gonaincourt (H.-Marne).	5	
Jussieu (de), ch. au min. de l'Int.	20	
Juste, garç. au Th.-Franç.		50
Juteau (Jules), du th. des Fol.-Dramatique.	5	

	fr.	c.
Kasener (madame), ouvreuse au Th.-Français.	3	
Klein, art. du Gymn.	5	
Kock (Paul de), h. de lettres.	10	
Kuhn, profess. au Conservat.	5	

	fr.	c.
Laba (Paul), art. de l'Amb.-Com.	2	
Labadye, archit. de la Fac. de droit.	10	
Labanoff (le prince de).	20	
Labitte (Jules).	2	
Labrite.		25
Lacabanne.	5	
Lachèze (Éliacin), d'Angers.	5	
Lachèze, impr.-libr. à Angers.	2	50
Lacornée, memb. de la soc. libre des Beaux-Arts.	5	
Lacoste, de Dreux.	2	
La Croix (comte Hippolyte du Suau de).	20	
Lacroix (Jules).	10	
La Doucette, memb. de la Chambre des députés.	10	
Lafargue.	5	
La Ferté-Meun (marquis de).	25	
Laffitte (J.) et Ce, gér. de la comp. gén. du Comm. et de l'Indust., et plusieurs employés de ladite caisse.	280	
Lafont, art. de l'Opéra.	10	
Lafont, art. du Vaudeville.	5	
Lafont (Rodolphe).	5	
Lafontaine (de), memb. de la soc. libre des Beaux-Arts.	5	
Lafontaine, auteur dramatique.	10	
Lagrange (marquise de), née de Beauveau.	20	
Laitié, memb. de la soc. libre des Beaux-Arts.	5	
Lalande, architecte.	10	
Lambert, memb. de la soc. des Enfants d'Apollon.	5	
Lambin.	5	
Landry, horloger.	5	
Langle, auteur dramatique.	10	
Langle, inspect. à l'Odéon.	5	
Langlois, empl. au min. de l'Intér.	2	
Languet (madame), ouvreuse au Th.-Franç.		50
Laporte (de), empl au min. de l'Int.	5	
Larché (madem. A.), pensionn. du Th.-Franç.	3	
Lardin, r. des Saints-Pères, à Paris.	5	
La Rochefoucauld (comte Jules de).	50	
Lassalle (De).	10	
Lassagne.	5	
Lassis, r. Saint-André-des-Arts, 60.	5	
Latour, ouvr. machin. au Théâtre-Français.		50
Latourminière.	5	
Launay.	3	
Launer, memb. de la soc. des Enfants d'Apollon.	5	
Laure (madem.), art. de l'Ambigu-Comique.	1	
Laurent, insp. du Th.-Franç.	5	
Laurent (madem.), élève du Cons.	5	
Lavé.	5	
Laville de Mirmont (de).	20	
Laya (Alexandre), empl. au minist. de l'Intér.	20	
Lebas (Philippe), maître des conférences à l'École Normale.	5	
Lebel, empl. aux Finances.	5	
Lebert (Bonaventure et Henri).	5	
Lecacheur, memb. de la société des Enfants d'Apollon.	5	
Lecamus, recev. des financ., à Riom.	20	
Lecellier, d'Angers.	2	
Lecerf, memb. de la soc. libre des Beaux-Arts.	2	
Lechevallier, horloger.		50
Leclerc, avoué à Paris.	10	
Leclerc, d'Angers.	10	
Leclerc.	1	
Leclercq (Théodore).	20	
Lecoq, buraliste au Th.-Franç.	2	
Lecoq, adjoint au maire du VIIe arrondissement de Paris.	5	
Lecouppey, prof. au Conserv.	3	
Lécuyer Lenglet, banquier à Saint-Quentin.	10	
Lefebvre.	5	
Lefebvre.	3	
Lefrère.	2	50
Legallois (mad.), ouvreuse au Th.-Français.	3	
Legendre, chef du pensionnat au Conservatoire.	3	
Legentil, membre de la Chambre des députés.	50	
Legrand, membre de la soc. des Enfants d'Apollon.	5	
Legrand, négociant.	5	
Legrand, id.	5	
Legrand, graveur.	2	

	fr.	c.
Legris.	2	50
Lemaire, entrepreneur.	10	
Lemaire (mademois.), élève du Conservatoire.	2	
Lemazurier, doct. en médecine, à Versailles.	5	
Lemercier (Népomucène), 3e sousc.	5	
Lemerot, journal. au Th.-Franç.		25
Lemoine, joaillier.	5	
Lemonnier (Henri), memb. de la soc. des Enfants d'Apollon.	5	
Lemonnier, élève du Conservatoire.	3	
Lenglet (Armand), fab. d'orfévrerie.	10	
Lenoir (Albert), membr. de la soc. libre des Beaux-Arts.	3	
Lenormant.	5	
Lepaulle, memb. de la soc. libre des Beaux-Arts.	2	
Lepeintre aîné.	10	
Lepeintre jeune, art. du Vaudeville.	5	
Lepelletier, Bourgoin et Ce, direct. de l'Office-Correspondance.	100	
Lépinau, empl. au min. de l'Int.	5	
Lépinois, empl. au min. de l'Int.	5	
Lequeux, memb. de la société des Enfants d'Apollon.	5	
Leroy fils, horloger du roi.	25	
Leroy, pensionnaire du Th.-Franç.	25	
Leroy, adjoint au maire du IIIe arrondissement de Paris.	20	
Leroy (Ferdinand).	20	
Leroy, rue Sainte-Croix-de-la-Bretonnerie.	15	
Leroy père.	3	
Leroy fils (Charles).	3	
Leroux (Eugène).	5	
Lesueur (Raoul), avocat.	20	
Lesueur, architecte.	10	
Lesur, h. de lettres, maire de Guise.	5	
Letronne.	20	
Leture, entrepreneur,	10	
Leuven (de), auteur dramatique.	10	
Levasseur (Augustine), art. dram.	10	
Levillain, adjoint au maire du VIIe arrondissement de Paris.	5	
Leziart (L.), empl. au min. de l'Int.	5	
Lheureux, ancien libraire.	10	
Lhomme		50
Lilie (mademoiselle).	1	
Limet	5	
Lockroy, artiste dramatique	20	
Loignon.	20	
Loiseau (P.-L.-M.).	10	
Loiseleur.	5	
Longpré (Alex. de), aut. dram.	10	
Longpré (de), receveur des finances à Segré.	10	
Loret, boulev. Bonne-Nouvelle, 28,	5	
Lorichon, memb. de la société libre des Beaux-Arts.	3	
Loubers, colonel.	10	
Louis.		25
Ludovic, artiste du Vaudeville.	3	
Lusson, membre de la société libre des Beaux-Arts.	5	
Mabille (Charles).	10	
Macarel, chef de division au min. de l'Int.	20	
Magnin.	10	
Maillart, pensionnaire du Th.-Franç.	5	
Maillot, memb. de la société libre des Beaux-Arts.	2	50
Mainemare, propr. éligible, à Paris.	50	
Maisonnier, caissier du Th.-Franç., agent comptable de la commission du monument	8	85
Malafait (Pierre), avoué honoraire, à Paris.	20	
Mallet, entrepreneur.	10	
Mallian, auteur dramatique.	5	
Malpièce, membre de la société libre des Beaux-Arts.	10	
Malvoisine (F. Grille de), d'Angers.	10	
Mangin (Charles), pensionnaire du Th.-Franç.	10	
Mante (mademoiselle), sociétaire du Th.-Franç.	20	
Mantoux, régisseur du droit des hospices, à Paris.	10	
Marc (Michel), h. de lettres.	5	
Marcellot, maire du 1er arrondissement de Paris.	20	
Marchand, juge de paix.	20	
Marette, empl. au min. de l'Int.	3	
Margueritte (madame).	20	
Maria (madame), art. du th. des Var.	5	
Marie (H.), employé.	5	
Marie.	3	
Marigny de Livauday (madame)	25	
Marigue, commissaire de police, à Paris, quartier du Palais-Royal.	10	
Marion.	2	
Marius, pensionnaire du Th.-Franç.	5	
Marmier, colonel.	20	
Mars (mademoiselle), sociétaire retraitée du Th.-Franç.	1,000	
Mars, négociant.	5	
Martignon (Armand), avocat, rue Neuve-des-Petits-Champs, 50.	5	
Martin (Ernest), avocat.	5	
Martin.	2	
Martin.	2	
Martini (Charles-Guill.).	5	

	fr.	c.
Masson, membre de la société des Enfants d'Apollon.	5	
Mathieu, pensionnaire du Th.-Franç.	5	
Mathieu de la Redorte (comte), memb. de la Chamb. des députés.	25	
Mathieu.	10	
Mathieu	2	
Matte, négociant.	5	
Maubernard, r. Sainte-Barbe.	2	
Maucurier, ouvrier machiniste au Th.-Franç.		50
Mauzin (Alexandre), art. dram.	5	
May (B.-L.).	3	
Mayer (madem. Louise), artiste du Vaudeville.	5	
Mazaurie, empl. au min. de l'Int.	10	
Mazères, préf. de l'Aveyron.	20	
Méchin, préf. de l'Allier.	20	
Mélesville, aut. dram.	50	
Mélique, doct. médecin.	10	
Menjaud (mad.), soc. en retr. du Th.-Franç.	200	
Mennechet (de).	20	
Mentzer, r. du Mail, 14.	5	
Merché (Adolphe).	5	
Merlhiot, perruq.-coiff. au Th.-Fr.	3	
Merlin (général).	5	
Merlin, empl. au min. de l'Int.	3	
Mermet (mad.), ouvreuse au Th.-Franç.	1	
Mévil (Charles), empl. au min. de l'Int.	10	
Michelot, soc. en retr. du Th.-Franç.	40	
Miel, membre de la soc. libre des Beaux-Arts.	10	
Miel, memb. de la soc. des Enfants d'Apollon.	5	
Migneret, memb. de la soc. libre des Beaux-Arts.	2	
Mignon.		25
Milbert (A.).	20	
Millot, grav.		50
Mionnet.	5	
Mirault, memb. de la soc. libre des Beaux-Arts.	5	
Mirecour, pens. du Th.-Franç.	10	
Mirecour (Achille).	5	
Mitaine, contrôl. en second au Th.-Franç.	5	
Molé (comte), min. des aff. étrang.	100	
Mondesir (Emile), ingén. à Mende.	5	
Mongeal, doct. méd.	5	
Monnet, art. de l'Amb.-Com.	1	
Monrose (Louis), pensionn. du Th.-Franç.	5	
Monseignat (de) père, conseiller de préfect., à Rhodez.	5	

	fr.	c.
Montagne, doct. méd.	5	
Montandon.	5	
Montlaur, pens. du Th.-Franç.	5	
Monval (Léon), art. du Gymnase.	5	
Morand.	2	
Moreau, memb. de la Chambre des députés, maire du VIIe arrondiss. de Paris.	20	
Moreau de Saint-Méry, chef de bur. au min. de l'Int.	5	
Moreau, prof. au Conservat.	2	
Moricet.		25
Morny (comte de).	20	
Mortemart (duc de).	50	
Mouisse.	10	
Moulin.	2	
Mourette (Louis), chef de section au min. de l'Int.	10	
Mourgoin.		50
Mourier, h. de lettres.	5	
Moussous (Louis), étud. en médec.	5	
Mozzanino, fumiste.	10	
Mugnier (Jules).	10	
Mulard, memb. de la soc. libre des Beaux-Arts.	3	
Muller.	2	
Muret (Théodore), h. de lettres.	10	
Muret.	5	
Mutel, rue de Trévise.	5	
Mutrel.	5	
Nathalie (mad.), art. du Gymnase.	5	
Nau.	5	
Naudet, h. de lettres.	20	
Nérée, art. de l'Amb.-Com.	5	
Noblet (mademois.), sociét. du Th.-Franç.	15	
Noël, memb. de la soc. libre des Beaux-Arts.	2	
Norblin, prof. au Conservat.	3	
Normand père, membre de la société libre des Beaux-Arts.	2	
Normand fils, membre de la société libre des Beaux-Arts.	2	
Norvins (Adolphe), empl. au min. de l'Int.	2	
Numa, artiste du Gymnase.	5	
Odiot fils, orfèvre du roi.	20	
Odry, art. du th. des Variétés.	10	
Oflemont (d').	15	
Ogros, lampiste au Th.-Franç.	5	
Olivier (Casimir), d'Alais (Gard).	3	
Onfroy.	5	
Opigez.	25	

	fr.	c.
Ornouf (baron), memb. de la société des Enfants d'Apollon.	5	
Oudet, r. Hauteville, 40.	5	
Oudin (Charles)	3	
Oudot professeur à l'Ecole de droit.	5	
Ouizille, empl. au min. de l'Int.	10	
Ouizille, joaillier.	5	
Oury, rentier.	5	
Oury (L.-D.).	5	
Outrebon, notaire.	20	
Overnay (Armand), h. de lettres.	5	
Paër, de l'Institut.	10	
Pagnest.	1	
Pailly (J.), empl. au min. de l'Int.	5	
Palliatier.	5	
Pan (Joseph).	5	
Panckoucke père, rue des Poitevins, 14	20	
Panis.	5	
Panseron, prof. au Conservat.	5	
Paradol (madame), soc. du Th.-Fr.	15	
Parent, empl. au minist. de l'Int.	2	
Parent, horloger,	2	
Paris, peintre, décorateur.	1	
Pariset, secrétaire perpétuel de l'académie royale de médecine.	20	
Parmentier, empl. au min. de l'Int.	5	
Parrau, préfet de la Mayenne.	30	
Partarieu-Lafosse, substitut du procureur gén. près la Cour royale de Paris.	20	
Passelac, conseiller de préfecture à Rhodez.	3	
Pavie (Victor), homme de lettres à Angers.	5	
Payart (mademoiselle), élève du Conservatoire.	5	
Payre (mademoiselle Mathilde), art. dramatique.	5	
Péan, avoué à la Cour royale de Paris.	20	
Pelet, empl. au min. de l'Int.	5	
Pellat, professeur à l'Ecole de droit.	10	
Pellissier.	5	
Peraire.	5	
Périer (Pierre).	25	
Perignon, memb. de la société libre des Beaux-Arts.	5	
Perlet (P.).	2	
Pernot, memb. de la société libre des Beaux-Arts.	2	
Perpignan, inspecteur général des théâtres au min. de l'Int.	5	
Perrin (René).	5	
Perrot (Louis), au min. de l'Int.	20	
Perrotin, édit. des œuv. de Béranger.	5	

	fr.	c.
Pessard, s.-contrôleur au Th.-Franç.	2	
Petit.	10	
Petit.	4	
Petit-Jean (Jules), empl. au min. de l'Int.	30	
Peytral.	2	
Pfeffinger, profess. de piano, r. Bizet, 6, aux Champs-Elysées.	20	
Phelippon, memb. de la société libre des Beaux-Arts.	3	
Philippe, artiste du Vaudev.	5	
Philippe (madame), ouvreuse surnuméraire au Th.-Franç.	1	
Picard (mademoiselle Victorine), fille de feu Picard, aut. dram.	50	
Pierrard		50
Pierrard, art. dram.	2	
Pierret, empl. au min. de l'Int.	5	
Pinchereau, Place des Victoires, 5.	5	
Pinget.	2	50
Piscatory, memb. de la Chamb. des députés.	10	
Pitar, sous-contrôleur au Th.-Franç.	2	
Planard (Eugène de), aut. dram.	20	
Plé (madame), ouvreuse au Th.-Franç.	1	
Plé (madame), ouvreuse au Th.-Franç.		15
Plessy (mademoiselle), sociétaire du Th.-Franç.	40	
Pleyel (Camille), rue Grange-Batelière, 2.	20	
Pointaux, horloger.	5	
Poisson artiste dramatique.	5	
Poisson, notaire honoraire à Paris.	20	
Pontus, mère, couturière au Th. Franç.		50
Pontus (mademoiselle), *id.*		50
Porcher, r. Coquillière, 32.	3	
Porée.	5	
Potron, homme de lettres.	10	
Potron.	5	
Pottier.	10	
Pottin, percepteur.	4	
Poulet, rue Hauteville, 2.	5	
Poyer.	3	
Pradel (Eugène de), h. de lettres.	10	
Praquin (Lucien), distillateur.		50
Praslin (marquis de)	100	
Prin (madem. Léonie).	5	
Prin (Constant).	5	
Priston, géom. en chef du cadastre à Angers.	5	
Prosper, artiste du th. des Variétés.	5	
Prosper (mad. Eugène), artiste de l'Ambigu-Comique.	2	
Prottais.		50

	fr.	c.
Provost, sociétaire du Th.-Franç.	20	
Provost (le même), prof. au Conservatoire.	5	
Provost, architecte.	5	
Prud'homme.	20	
Prunier.	2	
Puissan (Jules).	5	
Puybernau (Henri de)	10	
Pyat (Félix), homme de lettres.	10	
Quantin, employé.	2	
Quétit, rue des Petites-Écuries, 16.	10	
Quillard (mad.), ouvreuse au Th.-Franç.	1	
Quin.	10	
Rachel, sociét. du Th.-Franç.	40	
Ragueneau (Armand).	5	
Raguet-Lépine, membre de la Ch. des députés.	10	
Rambeau, inspecteur des écoles primaires de l'Ariège.	5	
Rambuteau (comte de), préfet de la Seine.	100	
Rampin.	10	
Rascol (Victor).	10	
Rataud.	5	
Ravel, artiste du Vaudeville.	5	
Ravel (mad.), artiste du Vaud.	5	
Reboul, secrét. à l'Éc. de droit.	5	
Redié (Henri), d'Angers.	5	
Redouté, membre de la soc. libre des Beaux-Arts.	4	
Régnier (Auguste), peintre.	5	
Reinaud.	5	
Remond.	5	
Renard (Athanase), membre de la Chambre des députés.	10	
Renaudot, entrepreneur.	10	
Renou.	10	
Renouard (C.).	1	
Rety, caissier au Conservatoire.	3	
Revenaz, rue du Sentier, 21.	20	
Reverdy (Ferdinand de), rue Neuve-Saint-Augustin, 12.	100	
Rey, memb. de la comm. médicale du Th.-Franç.	10	
Rey, pensionn du Th.-Franç.	5	
Reynaud (Charles), jurisconsulte.	10	
Rheville (de), empl. au minist. de l'Intérieur.	3	
Riberolle (de).	8	
Richard, coiffeur du roi.	5	
Richard.	5	
Riché, pensionn. du Th.-Franç.	2	
Riché, portier de communication au Th.-Franç.	1	
Richebourg (comte de)	20	
Riéville (de).	20	
Rigal, memb. de la soc. des Enf. d'Ap.	3	
Rigaud, agent de change.	20	
Rigaut (mad.), élève du Cons.	2	
Rimbault, fab. de papiers peints.	10	
Rivière.		25
Robert, memb. de la comm. médicale du Th.-Franç.	10	
Rodat. cons. de préfect. à Rodez.	3	
Rodrigues (Edm.), agent de change à Paris.	20	
Roger, art. de l'Ambigu-Comique.	5	
Roger, sous-cont. au Th.-Franç.	2	
Rohault, membre de la soc. libre des Beaux-Arts.	10	
Romagnesi, membre de la soc. libre des Beaux-Arts.	3	
Romer, lapidaire.	5	
Romieu, préfet de la Dordogne.	20	
Rosier, homme de lettres.	5	
Roubaud (Ch.).	5	
Rouchet.	20	
Rougemont (de), auteur dram.	20	
Rouget, memb. de la soc. libre des Beaux-Arts.	5	
Roulleaux du Gage, préf. de l'Aude.	20	
Roumier, doct. en médecine.	5	
Roussange (mad.), ouvreuse au Th.-Franç.	1	
Rousseau, memb. de la com. méd. du Th.-Franç.	1	
Rouvelet, s.-préf. à Millau (Aveyron).	15	
Roux, élève du Conservatoire.	3	
Royer.	1	50
Ruben (H.-E.), r. du Fg.-Poiss., 15.	5	
Sadoc (Eug.), élève du col. de Bourbon, pension Landry.	10	
Saint-Aubin (baron de).	20	
Saint-Aubin, art. du Gymnase.	5	
Saint-Aulaire, sociét. du Th.-Franç.	10	
Saint-Elme-Leduc.	1	50
Saint-Ernest, art. de l'Amb.-Com.	10	
Saint-Firmin (mad.), art. de l'Amb.-Comique.	3	
Saint-Paul, rég. à l'Odéon.	5	
Saint-Paul fils, secrét. à l'Odéon.	3	
Sainte-Aulaire (comtesse de).	30	
Salles, entrepreneur.	10	
Salm (princesse Constance de).	50	
Salvador, art. de l'Amb.-Com.	5	
Salvandy (comte de), ministre de l'Instruction publique.	300	
Salvandy (comte de).	50	
Salvat (A.), emp. au min. de l'In.	2	

	fr.	c.
Salverte (Eusèbe), memb. de la Ch. des députés.	15	
Samson, prof. au Cons (2e souscr.).	10	
Sander (Phil.), rue des Martyrs, 17.	5	
Saulnier.	15	
Saussine fils.	5	
Sauvage, membre de la société des Enfants d'Apollon.	3	
Sauvage (mad. Eug.), art. du Gym.-Dramatique.	5	
Sauvage.	3	
Sauvageot, membre de la société des Enfants d'Apollon.	5	
Sauvageot, employé.	5	
Savigny, recev. du droit des hosp. au Th.-Franç.	3	
Scheffer.	1	50
Schwind, entrepreneur.	20	
Schneitzhoeffer, prof. au Conservat.	5	
Scribe (Eugène), (2e souscription).	100	
Séchan, artiste peintre.	5	
Second (Albéric), homme de lettres.	5	
Ségur (comte Paul de),	50	
Sennegon.	5	
Séquelin (mad.) ouvreuse surnuméraire au Th.-Franç.	2	
Sers, sous-chef de bureau au minist. de l'Intérieur.	5	
Servant.	1	
Sewrin, homme de lettres.	2	
Sicard, sous-inten. milit. à Mende.	10	
Simon, rue des Maçons, 15.	5	
Simonnin, commentat. de Molière, secrétaire à la Com.-Franç.	10	
Singer.	5	
Singier, anc. direct. du th. de Lyon, rue de la Harpe, 90, à Paris.	20	
Siraudin de Sancy, h. de lettres.	5	
Sœhné (mad. veuve).	50	
Songeux, s.-cont. au Th.-Franç.	2	
Sorbet.	5	
Soufflot, adm. des Mess. Royales.	10	
Soulié (Frédéric).	20	
Spicrenaël, empl. au min. de l'Int.	2	
Subé (Auguste).	5	
Surleau (de), rue Jacob, 4.	10	
Suzé (mad.), ouvr. au Th.-Franç.	1	
Sylvestre, art. du Gym. Dram.	5	
Taigny (Emile), art. du Vaud.	5	
Taigny (mad. Emile), art. du Vaud.	5	
Taillandier, memb. de la Ch des dép.	10	
Talleyrand de Périgord (le pr. de).	150	
Tamisier, teinturier à la Tamise.	5	
Tanchou, doct. en médecine.	10	
Tarin.	5	
Tariot, prof. au Conservatoire.	5	
Tariot frères.	2	
Tartenson.	5	
Taskin, membre de la société des Enfants d'Apollon.	3	50
Tavernier (Louis), de Rouen.	5	
Tavernier (Charles), pl. des Vict., 6.	10	
Telliet (madame), ouvreuse au Th.-Franç.	1	
Ternaux (Mortimer), maître des requêtes au conseil d'Etat (2e sousc.)	100	
Ternaux (Edouard), substitut du procureur du roi à Paris.	100	
Tessier.	1	
Testier, de Nantes, ingén. mécan.	2	
Théaulon, auteur dramatique.	10	
Thénard (madame Louise), pensionnaire du Th.-Franç.	5	
Therevyllier.	2	
Thery (Charles).	5	
Thésitot.	5	
Thésitot (mademoiselle Hortense).	5	
Thévenot de Saint-Blaise (baron), memb. de la commission médicale du Th.-Franç.	10	
Thibaut (Germain), rue Saint-Eustache, 6.	5	
Thiboust (Auguste), empl. au min. de l'Int.	2	
Thiers, memb. de la Chamb. des députés (troisième souscription).	25	
Thiollet, memb de la société libre des Beaux-Arts.	5	
Thorel, empl. au min. de l'Int.	2	
Thouret, horloger.	2	
Tilly (mademoiselle), pensionnaire du Th.-Franç.	5	
Tissandier (Alfred), r. Hauteville, 7.	2	
Tisserant, art. du Gymn. dram.	5	
Tixier.	5	
Tixier (Luc),	1	
Tournemine (P.), empl. au min. de l'Int.	5	
Tousez (madame), soc. du Th.-Fr.	10	
Trafford.	25	
Trézel lieutenant-général.	20	
Trouleau (du).	2	
Truy, commissaire de police au min. de l'Int.	3	
Tugghe (Eugène),	15	
Turenne, memb. de la société libre des Beaux-Arts.	10	
Turgot, d'Angers.	3	
Ulysse, art. de l'Amb.-Com.	1	
Ursule (madame), ouvreuse au Th.-Franç.	1	
Uzès (duc d').	20	

	fr. c.
Vacher.	10
Vachette (T.), empl. au min. de l'Int.	5
Vaillant, avoué.	20
Vallette, rue Madame, 7.	5
Vallon, de Strasbourg.	5
Valois, r. de l'Echiquier, 19.	10
Valois, memb. de la société libre des Beaux-Arts.	3
Valmore, direct. adjoint de l'Odéon.	10
Vanderburck (Emile), aut. dram.	5
Vanderburck (Hippolyte), memb. de la société des Enf. d'Apollon.	3
Vandermarck, agent de change.	100
Vandeul (de), memb. de la Chamb. des députés.	20
Varcollier (Francis).	5
Varcollier (Oscar).	5
Varin, homme de lettres.	20
Vatry, memb. de la Ch. des députés.	40
Vaugonday.	5
Vendryes, professeur au collége royal de Nanci.	5
Verdier.	10
Véret (mademoiselle), élève du Conservatoire,	5
Vernes (Charles), à la banque de France.	10
Vernet, art. du th. des Variétés.	10
Verneuil (mademoiselle), pensionnaire du Th.-Franç.	10
Verpillière (de la), h. de lettres.	5
Victor (Pierre), ex-art. de la Comédie Française.	3
Vieillard, sous-bibliothécaire, à l'Arsenal.	5
Vieillard (Narcisse).	10
Viennet, memb. de l'Acad. franç.	20
Viennot (Edouard), peintre.	10
Villefosse (de), empl. au min. de l'Int.	5
Villeneuve (Ferdinand de), auteur dramatique.	5
Vinsac (madame).	5
Viollet-le-Duc et ses fils.	20
Visconti, architecte du monument.	100
Viteau.	5
Volnys (M. et mad.), pensionn. du Th.-Franç.	30
Vourgère, empl. au min. de l'Int.	3
Voytot.	1
Vuignier (E.).	5
Vuitry, membre de la Chambre des députés.	10
Wailly (G. de), chef au ministère de l'Intérieur.	40
Wailly (Jules de), chef au minist. de l'Int.	30
Wailly (Jules de), 2e souscription.	10
Wantzel.	5
Wahl.	5
Watteville (de), empl. au min. de l'Int.	5
Weiss (mademois.), pensionn. au Th.-Franç.	5
Worms (L.).	20
Zimmerman, prof. au Conserv.	5

ANONYMES.

	fr. c.
A. D.... (M. et mad. et leurs enfants).	23
A. B.	20
B. horloger.	1 50
C. . ., d'Angers.	50
D., memb. du comité de lecture, à l'Odéon.	5
Duf., rue de Lille, 95.	10
D.	20
D. H.	5
F. D.	2
G. B.	1 50
J. d'Angers.	1
L. (de).	5
L. S. (mademois.).	5
M.	20
M.	2
M. d'Angers.	1
M. R. (mad.).	5
P. Y.	5
P	10
R. (Alfred de la).	10

	fr.	c.
T. (mad.)	5	
V. C. P.	1	
N.	5	
N.	1	
N. N.	2	
N...., capitaine, d'Angers.		50
N., d'Angers.	1	
Une dame de Charité, d'Angers.	1	

	fr.	c.
Un abonné du Th.-Franç.	10	
Un ami des arts, d'Angers.		25
Un ancien négociant, à Angers.		50
Un portier.	1	
Un employé de la Banque de France.	5	
Un médecin	100	
Un officier général en retraite.	100	
Intérêts des fonds de la souscription déposés à la caisse des Dépôts et Consignations.	2806	55
Total.	14,916	62

Le Caissier du Théâtre-Français, agent comptable de la Commission de Souscription,

MAISONNIER.

TABLE.

PIÈCES JUSTIFICATIVES.

FIN DE LA TABLE.

www.ingramcontent.com/pod-product-compliance
Ingram Content Group UK Ltd.
Pitfield, Milton Keynes, MK11 3LW, UK
UKHW020256250726
13967UKWH00004B/1707